아르센 뤼팽 전집 16

바르네트 탐정 사무소

Arsène Lupin

아르센 뤼팽 전집 16

바르네트 탐정 사무소 | 모리스 르블랑
L'Agence Barnett et Cie

정은주 옮김

황금가지

차례

서문 · 7

떨어지는 물방울 · 9

조지 왕의 연애 편지 · 37

바카라 시합 · 60

금니를 한 사나이 · 84

베슈의 아프리카 주식 12주(株) · 106

우연이 기적을 만들다 · 132

흰 장갑……흰 각반…… · 161

베슈가 바르네트를 체포하다 · 192

서문

전쟁이 발발하기 몇 년 전, 앞뒤가 맞지 않는 단편적인 이야기들만 알려져 더욱더 여론을 들끓게 했던 몇 가지 사건들이 있다. 이 가장 환상적인 모험에 기꺼이 뛰어들어 사람들의 호기심을 자극했던 짐 바르네트라는 인물은 누구였을까? 단지 안전하게 도적질을 하기 위해 고객들의 호감을 샀던 이 수수께끼 같은 사설탐정 바르네트의 사무소 안에서는 무슨 일들이 일어난 것일까?

문제의 상세한 설명과 깔끔한 해결이 가능해진 오늘날, 어서 빨리 카이사르의 것은 카이사르에게 돌리고(마태복음, 22장 21절에서 일부 인용한 구문임——옮긴이), 짐 바르네트의 비행은 그것을 저지른 사람, 괴도 아르센 뤼팽에게 돌리도록 하자. 그런다고 상황이 더 나빠지지는 않을 테니…….

떨어지는 물방울

생제르맹 대로에 위치한 아세르망 남작 부인의 대저택 아래층에서 현관 초인종이 울렸다. 곧이어 하녀가 편지 봉투를 들고 돌아왔다.

「마님께서 4시에 약속하신 신사 분께서 와 계십니다」

아세르망 남작 부인은 겉봉을 뜯고 명함에 찍혀 있는 〈바르네트 탐정 사무소, 무료 상담〉이라는 글자를 보았다.

「거실로 안내해요」

발레리(아름다운 발레리라고 불린 지 벌써 30여 년의 세월이 흘렀다)는 화려한 옷차림에 정성 들여 화장을 한 중년 여인으로, 통통한 몸매에 늘 거만한 태도를 보여 왔다. 그녀의 얼굴은 교만하고 쌀쌀맞아 보였지만 가끔 천진난만한 표정을 짓곤 해 나름대로 매력이 있었다. 그녀는 은행가 아세르망의 아내로서 부와 인맥과 저택, 그리고 자신과 관련된 것은 무엇이든 자랑하고 다녔다. 사교계에서는 그녀의 말썽 많은 연애 사건들로 소문이 무성했다. 심지어 그녀의 남편이 이혼을 요구한 적도 있다고 했다.

발레리는 나이가 든 데다 심장 발작으로 건강이 나빠져 몇 주 전부터 침대에만 누워 있는 아세르망 남작의 방으로 건너갔다. 그녀는 건성으로 남편의 병세를 물으며 등에 베개를 받쳐 주었다. 남작이 중얼거렸다.

「누가 오지 않았나?」

「네. 우리 일을 의뢰한 탐정이에요. 유능한 사람이래요」

「다행이군. 이 문제는 골치만 아플 뿐 도저히 이해할 수 없어」

발레리는 걱정스러운 표정을 지으며 남편 방에서 나와 거실로 들어갔다. 그리고 그곳에서 각진 어깨와 잘록한 허리에 우람한 체격의 이상야릇한 사나이와 마주쳤다. 그는 비단 우산의 질감처럼 반질반질하고 푸르스름한 검정색 프록코트를 입고 있었다. 정열적이고 윤곽이 뚜렷한 얼굴은 앳되었지만 벽돌처럼 우툴두툴하고 붉은 피부 때문에 다소 나이가 들어 보였다. 좌우 구별 없이 쓰는 외눈 안경 너머로 보이는 차갑고 비웃는 듯한 눈은 젊은이다운 유쾌함으로 반짝이고 있었다.

「바르네트 씨인가요?」

그는 허리를 굽혀 인사하고 그녀가 미처 손을 빼낼 틈도 없이 유연한 동작으로 손등에 입을 맞추었다. 그리고 마치 그 손에서 피어나는 향기를 음미하는 것처럼 들릴 듯 말 듯 혀를 찼다.

「짐 바르네트라고 합니다, 남작 부인. 부인 편지를 받자마자 코트를 솔질할 새도 없이 이렇게……」

황당해진 남작 부인은 이 불청객을 내쫓을까말까 잠시 망설였다. 그러나 사교계의 예의범절을 익힌 상류층 사람 같은 허물없

는 태도에 그저 이렇게 말할 뿐이었다.
「복잡한 사건들을 잘 해결하신다고 들었어요」
탐정은 자랑스럽게 미소를 지었다.
「선천적인 재능이죠. 명확한 관찰력과 판단력 말입니다」
바르네트의 목소리는 달콤한 듯하면서도 강압적인 말투였고 은근히 빈정거리는 듯이 들렸다. 재능에 대한 자부심과 자기 확신이 너무 강해 누구도 맞설 수 없을 것 같았다. 발레리는 첫눈에 3류 탐정 사무소 소장인 사나이에게 압도당하는 느낌을 받았다. 선수를 치기 위해 그녀가 넌지시 말을 건넸다.
「저기…… 우선 몇 가지 계약 조건을 정하는 게 좋겠네요」
「그럴 필요 없습니다」
바르네트가 말했다.
「그럼 단지 명예를 위해 일하신다는 말씀이세요?」
이번에는 그녀가 미소를 지었다.
「바르네트 사무소는 무보수로 운영합니다, 남작 부인」
그녀는 난처해졌다.
「계약상 보상금이나 사례금은 받으셔야 좋겠는데요」
「팁 말씀이신가요?」
바르네트가 빈정거렸다.
발레리는 고집을 부렸다.
「사례를 하지 않으면……」
「빚지기라도 한다고 생각하십니까? 아름다운 여인이라면 누구한테도 빚질 일이 없죠」
말이 과했다고 생각했는지 그는 이렇게 덧붙였다.
「아무 걱정 마십시오, 남작 부인. 제가 어떤 일을 맡더라도 우리가 서로 빚지는 일은 없도록 하겠습니다」

 이 막연한 말은 무슨 뜻일까? 과연 이 남자는 누구의 돈도 받지 않을 생각일까? 그렇다면 어떤 식으로 일한 대가를 받을 생각인가?

 발레리는 거북한 나머지 몸이 떨리고 얼굴이 붉어졌다. 실제로 바르네트는 그녀에게 막연한 불안을 가져다 주었는데, 그건 마치 집에 침입한 강도를 보고 느끼는 감정과 같았다.

 〈어머나, 그래…….〉

 발레리는 자신을 연모하는 남자가 이런 독특한 방식으로 자신에게 접근하고 있는 것은 아닐까 하는 생각이 들었다. 그렇다면 어떻게 알아볼까? 또 매사에 어떻게 반응해야 할까? 그녀는 겁도 나고 주눅이 들면서도 자신감이 생겼다. 무슨 일이 생겨도 받아들일 준비가 되었다. 그래서 탐정이 바르네트 탐정 사무소에 사건을 의뢰한 이유를 물었을 때 남작 부인은 마치 발언권을 넘겨받은 듯 솔직하게 용건을 이야기했다. 설명은 별로 길지 않았다. 바르네트가 서두르는 기색이었기 때문이다.

「2주일 전 일요일이었어요. 브리지 게임을 하려고 제가 친구들을 몇 명 불렀죠. 전 꽤 일찍 자는 편이라 그날도 평소와 같은 시간에 일찍 잠이 들었어요. 새벽 4시쯤, 정확히 4시 10분에 인기척 때문인지 잠에서 깼는데 곧바로 문이 닫히는 듯한 소리가 들렸어요. 거실에서 난 소리였죠」

「이 방 말씀이십니까?」

 바르네트가 물었다.

「예. 이 방 한쪽 벽은 제 침실과 붙어 있고(바르네트는 그 방

쪽으로 정중히 고개를 숙였다) 다른 한쪽은 뒤 계단으로 통하는 복도와 닿아 있어요. 저는 겁이 없는 편이거든요. 잠시 숨을 죽이고 있다가 일어났죠」

침대에서 벌떡 일어난 남작 부인의 모습을 떠올리며 바르네트가 다시 한번 고개를 숙였다.

「그래서 침대에서 나오셨습니까?」

「일어나서 이 방으로 들어와 불을 켰어요. 방엔 아무도 없었죠. 다만 장식품들과 조각상들, 여러 가지 물건을 넣어 둔 이 작은 진열장이 엎어져 있고 그중 몇 개가 깨져 있었어요. 전 침대에서 책을 읽고 있던 남편 방으로 갔어요. 그이는 아무런 소리도 듣지 못했다고 했죠. 걱정이 된 그이가 집사를 불러 즉시 조사하게 했고 다음날 아침엔 경찰서장이 수사를 계속했어요」

「그 결과는요?」

바르네트가 물었다.

「도둑 든 흔적이 전혀 없어요. 어떻게 들어오고 어떻게 나갔는지 미스터리였죠. 그런데 장식품 더미 속에 있던 쿠션 의자 밑에서 양초 도막과 나무 손잡이가 아주 더러운 송곳을 발견했어요. 우리는 전날 오후 내내 배관공이 제 남편 침실에 딸린 화장실에서 세면대의 수도꼭지를 고쳤다는 걸 알고 있었죠. 배관 회사 사장에게 보여 주었더니 그 연장을 알아보고 나머지 양초 도막을 찾아 줬어요」

「결국 그쪽에서 증거를 얻으셨군요?」

바르네트가 그녀의 말을 끊었다.

「네. 그런데 그 증거가 뜻밖의 다른 증거 때문에 받아들여지지 않았어요. 조사를 해 보니 그 배관공은 저녁 6시발 브뤼셀 행 급

행열차를 타서 자정에, 그러니까 사건 발생 3시간 전에 그곳에 도착했다는 거예요」

「저런! 그 배관공은 돌아왔습니까?」

「아뇨. 돈을 흥청망청 쓰던 앙베르(벨기에 식 지명은 안트베르펜으로 브뤼셀 다음가는 상공업 중심지 — 옮긴이)에서 그의 뒤를 놓쳤어요」

「그게 끝입니까?」

「그게 다예요」

「누가 이 사건을 맡았습니까?」

「베슈 형사요」

바르네트는 뛸 듯이 기뻐했다.

「베슈 형사요? 아, 정말 대단한 형사죠! 제 절친한 친구 중 하나랍니다, 남작 부인. 우리는 종종 여러 사건을 함께 해결했습니다」

「바로 그분이 제게 바르네트 탐정 사무소를 소개해 주셨어요」

「아마 사건을 해결하지 못해서 그랬겠죠?」

「예」

「베슈 형사라니! 그 친구에게 도움이 될 수 있다니 얼마나 기쁜지……! 물론 남작 부인께도 마찬가지입니다」

바르네트는 창가로 걸어가 이마를 창에 대고 한동안 생각에 잠겼다. 그는 창을 톡톡 두드리며 가볍게 춤곡을 휘파람으로 불었다. 그러더니 아세르망 부인 쪽으로 몸을 돌리고 대화를 계속했다.

「베슈 형사의 생각에, 그리고 부인 생각에 말입니다. 혹시 누군가 무엇을 훔쳐 가려는 시도는 없었습니까?」

「예. 없어진 게 하나도 없으니 있어도 무익한 시도였죠」

「그렇다고 치죠. 어쨌든 이 시도에는 뚜렷한 목적이 있었을 테니 부인께서도 아시겠죠. 무슨 일이 있었습니까?」

발레리가 약간 망설이다가 대답했다.

「몰라요」

바르네트가 미소를 지었다.

「남작 부인, 저더러 그 말씀을 믿으라고요?」

그리고 대답을 기다리지도 않고 거실 하단에서부터 벽을 가리고 있는 천으로 된 패널을 손가락질하며 마치 물건을 숨겨 놓은 아이에게 질문하듯 물었다.

「저 패널 아래 있는 것은 뭡니까?」

발레리는 당황했다.

「아무것도 없어요. 무슨 말씀을 하시는 거예요?」

바르네트는 진지한 어조로 말했다.

「조금만 관찰해도 천으로 된 장방형의 귀퉁이가 약간 닳아 있고 한쪽에 금이 가서 패널에서 떨어져 나온 것을 알 수 있습니다. 그러니 이쪽에 금고가 숨겨져 있다고 추측하는 게 당연하죠, 남작 부인」

발레리는 소스라치게 놀랐다. 어떻게 그런 막연한 단서로 알아맞힐 수 있었을까……? 그녀는 몸을 재게 놀려 바르네트가 지적한 패널을 미끄러뜨렸다. 그리고 눈앞에 작은 철문이 나오자 흥분한 마음으로 금고 자물쇠의 단추 세 개를 조작했다. 알 수 없는 불안이 엄습했다. 아무리 그 가정이 터무니없더라도 낯선 사람이 홀로 있던 단 몇 분 만에 금고의 존재를 밝혀 냈다는 사실에 놀라울 따름이었다.

주머니에서 꺼낸 열쇠로 금고의 문을 열자마자 남작 부인의 얼굴에 안도하는 듯한 미소가 떠올랐다. 그곳에는 화려한 진주 목걸이가 하나 있었다. 그녀가 그것을 확 집어 들자 손목 주위로 목걸이 세 줄이 눈부시게 펼쳐졌다.
바르네트는 웃음을 터뜨렸다.
「이제 안정을 찾으셨군요, 남작 부인. 아! 어쩌면 그렇게 능숙하고 대담한 도둑들이 있답니까? 남작 부인, 이건 아주 비싼 물건이기 때문에 의심을 하셔야 합니다. 부인께서 목걸이를 도난당하신 게 이해가 되는군요」
그녀는 반박했다.
「도난당한 게 없다니까요. 목걸이를 훔쳐 가려고 했다면 실패했다고 봐야죠」
「그렇게 믿으십니까, 남작 부인?」
「물론이죠! 이렇게 있잖아요! 제 손안에 있는걸요! 물건이 도난당했으면 사라져야죠. 하지만 제 눈앞에 있는걸요」
바르네트는 조용히 말을 바로잡았다.
「목걸이는 있습니다. 하지만 이게 부인의 목걸이라고 확신하십니까? 그만한 가치가 있다고 확신하세요?」
그녀는 화가 치밀었다.
「뭐라고요! 제가 다니던 보석상에서 50만 프랑으로 감정해 준 게 보름도 채 안 됐어요」
「보름이라…… 그러니까 사건이 있기 닷새 전이군요……. 그럼 지금은……? 아시다시피 전 아무것도 모릅니다. 제가 감정을 해 보지 않았으니…… 다만 추측할 뿐이죠. 부인이 확신하시더라도 혹여 의심스러운 점은 없는지 여쭙는 겁니다」
발레리는 더 이상 움직이지 않았다. 어떤 의혹을 말하는 걸까? 무엇에 대한 이야기일까? 상대방의 집요한 주장 때문에 그녀의 마음속에서도 막연한 불안이 피어올랐다. 손가락을 구부려 손바닥을 오목하게 만든 위에 진주 목걸이를 올려놓고 무게를 가늠해 보니 갈수록 가벼워지는 느낌이 들었다. 그녀는 유심히 바라보았다. 그리고 목걸이의 빛깔이 다르다는 점과 낯설게 느껴지는 광택, 불쾌할 정도로 균일하고 수상쩍을 만큼 완벽한 모양에 의심이 생겼다. 그녀의 머릿속에서 진실이 점점 더 명확하고 위협적으로 빛나기 시작했다.

바르네트는 희열을 느끼며 웃기 시작했다.

「놀라워요! 대단합니다! 이제야 아셨군요! 잘 따라오고 계십니다. 남작 부인, 조금만 더 노력을 기울이시면 확실하게 아실 텐데요. 아주 논리적인 문제거든요! 상대방은 훔친 것이 아니라 바꿔치기를 한 겁니다. 그러니 사라진 게 아무것도 없었던 거죠.

만일 유리 깨지는 소리만 안 났다면 모든 것이 어둠 속에서 진행되었을 테고 미지의 상태로 남았을 겁니다. 부인께서는 새로운 일이 생길 때까지 진짜 목걸이가 사라졌다는 사실과 부인의 하얀 목에 가짜 진주 목걸이를 두르고 외출하셨단 사실도 모르셨을 겁니다」

탐정의 친근한 말투는 더 이상 놀랍게 들리지 않았다. 발레리는 다른 생각에 빠졌다. 바르네트는 그녀에게 몸을 기울이며 숨을 들이킬 시간도 주지 않고 핵심을 찌르는 말을 계속했다.

「첫 번째 사실은 목걸이가 사라졌다는 겁니다. 거의 다 풀어가고 있으니 중도에 포기하지 않도록 하죠. 남작 부인, 도난당한 물건이 무엇인지 알았으니 이제 누가 훔쳐 갔는지 찾아내는 겁니다. 조사가 제대로 진행되면 그렇게 되는 게 필연이죠. 도둑이 누군지 알게 되면 바로 훔친 물건을 되찾을 수 있을 겁니다. 그것이 상호 협조의 세 번째 단계죠」

그는 발레리의 손등을 다정하게 토닥거렸다.

「남작 부인, 믿음을 가지세요. 진척이 있으니까요. 부인께서 허락하신다면 가정을 하나 세워 보겠습니다. 가정을 해 보는 것만큼 좋은 방법도 없죠. 먼저, 부군께선 몸이 편찮으시지만, 그날 밤 침실에서 아픈 몸을 이끌고 이 방으로 오셨을 수도 있겠죠. 그리고 배관공이 우연히 놓고 간 연장과 양초를 갖고 계시다가 금고를 여셨겠죠. 그러고는 서툴게 유리 진열장을 엎어 버리고 부인이 그 소리를 들으셨을까 봐 두려워 도망가셨다고 가정하면, 이 얼마나 명쾌합니까! 이 경우, 도둑이 드나든 흔적을 전혀 발견하지 못한 것은 너무 당연한 일이죠! 아무도 침입하지 않은 상태에서 금고가 열렸다면 말입니다. 아세르망 남작께서 부인과 금슬이 좋으셨을 때는 저녁이면 부인을 따라 이 방에 오셔서 금고 자물쇠를 조작하는 모습을 지켜보셨겠죠. 그러다가 딸깍 소리가 나는 간격을 염두에 두고 이동한 홈 수를 세어 보다가 서서히 비밀번호 세 자리를 알아내신 겁니다」

짐 바르네트의 〈가정〉이 다음 단계로 전개될수록 발레리는 두려움에 떨게 되었다. 마치 그 상황이 머릿속에 현실로 떠오르는 것 같았다.

이성을 잃은 그녀는 말을 더듬었다.

「당신은 미쳤어요! 제 남편은…… 그렇게 못해요. 전날 밤 누가 들어왔다면 바로 그 도둑일 거예요……. 다른 가능성은 있을 수가 없어요」

그는 고집을 꺾지 않았다.

「부인께 복제한 목걸이가 있었습니까?」

「네, 4년 전 그 목걸이를 구입했을 때 신중을 기하기 위해 남편이 하나 만들게 했어요」

「누가 그것을 갖고 있었습니까?」

「그이가요」

남작 부인이 아주 낮은 목소리로 말했다.

바르네트는 유쾌하게 결론을 내렸다.

「부인 손에 들고 계신 것이 그 복제품이군요! 진짜 진주 목걸이와 바꿔치기 한 거죠. 진짜는 부군께서 가져가셨습니다. 아세르망 남작께서 재산이 많아 단순 절도죄로 고소가 안 된다면 사적인 동기로…… 그것이 복수인지…… 괴롭히거나 고통을 주어 벌하려는 욕구인지 살펴봐야 하겠죠? 안 그렇습니까? 젊고 아름다운 부인이 합법적이지만 부정한 짓을 할 경우, 이를 남편이 엄하게 심판한다는……. 죄송합니다, 남작 부인. 부부 관계의 비밀을 엿보려는 게 아니라 부인과 협력해서 목걸이의 행방을 찾는 것이 제 소관이죠」

「듣기 싫어요! 그만해요! 그만하라고요!」

발레리는 뒷걸음치며 외쳤다.

그녀는 이 고약한 탐정에게 돌연 진절머리가 났다. 바르네트는 농지거리 같은 대화를 나누며 여느 수사 과정과는 판이하게 수사를 진행했다. 그러면서도 그녀를 둘러싼 모든 미스터리를 악마처럼 능숙하게 밝혀 냈다. 운명이 그녀를 파멸로 몰아 가는 과정을 장난스럽게 보여 주었다. 발레리는 탐정의 빈정대는 목소리를 더 이상 듣고 싶지 않았다.

「듣기 싫어요」

그녀는 고집스럽게 반복했다.

바르네트는 고개를 숙였다.

「좋으실 대로 하십시오, 부인. 제가 없으면 괴로운 생각이 덜 하시겠죠. 전 부인께서 원하시는 한, 부인께 도움이 되려고 온 거니까요. 현 상황에서는 부군께서 외출하실 수 없으니까 진주 목걸이를 섣불리 남에게 주시지는 못할 겁니다. 방 한구석에 숨겨 두신 게 분명하니 부인께서 제 도움 없이도 해결하실 수 있을 겁니다. 체계적으로 수색을 하시면 반드시 손에 넣으실 수 있을 겁니다. 제 친구 베슈 형사가 이런 전문적인 작업에 적격인 것 같군요. 한 말씀 더 드리죠. 제가 필요하시면 오늘 밤 9시에서 10시 사이에 사무실로 전화를 주십시오. 그럼 안녕히 계십시오」

바르네트는 다시 한번 그녀가 저항할 틈도 없이 손에 입을 맞췄다. 그리고 만족감에 엉덩이를 씰룩이며 가벼운 걸음으로 떠나갔다. 곧이어 안뜰의 문이 닫혔다.

그날 저녁 발레리는 베슈 형사를 불렀다. 그가 아세르망 저택에 계속 등장하는 건 당연한 일로 보였고 전격적인 수사가 시작되었다. 그 유명한 가니마르의 제자이자 존경받는 경찰로, 일반적인 방식에 따라 일을 해 온 베슈 형사는 침실과 화장실, 개인 서재를 구분해 차례로 조사했다. 세 줄짜리 진주 목걸이는 특히 베슈와 같은 형사들의 눈을 피하기가 도저히 불가능한 크기였다. 그러나 1주일 동안 줄기차게 노력했고, 또 아세르망 남작이 수면제를 상용한다는 점을 이용해 밤에 침대를 샅샅이 뒤졌는데도 베슈 형사는 낙심할 수밖에 없었다. 목걸이는 집 안에 없는 것이 분명했다.

발레리는 혐오스럽긴 해도 바르네트 탐정 사무소에 다시 연락을 취해 그 참을 수 없는 사나이에게 도움을 청해야 했다. 그가 목적만 달성해 준다면 아무리 그녀 손에 입을 맞추고 친애하는 남작 부인이라고 부른들 무슨 상관이랴?

그러나 갑작스런 사건이 일어나 상황이 급변했다. 어느 날 해가 질 무렵, 그녀를 급히 찾는 전갈이 있었다. 남편이 심장 발작을 일으킨 것이다. 탈진해서 화장실 입구의 긴 의자에 기대 있던 그는 가쁜 숨을 쉬었다. 일그러진 얼굴은 끔찍한 고통을 호소하고 있었다.

겁에 질린 발레리는 의사에게 전화를 걸었다. 남작이 중얼거렸다.

「너무 늦었어……, 너무 늦었어……」

부인이 말했다.

「아니에요. 다 잘될 거예요」

남작은 일어나려 애썼다. 세면대를 향해 비틀거리며 말했다.

「물을······」

「물병에 물이 있잖아요, 여보」

「아니······, 아니······, 그 물 말고······」

「오늘 따라 웬일이세요?」

「다른 물······ 저 물을······ 줘」

남작은 힘없이 다시 쓰러졌다. 발레리는 그가 가리킨 세면대의 수도꼭지를 힘차게 틀었다. 그리고 컵을 찾아와서 물을 담았다. 그러나 그는 마시기를 거부했다.

오랜 침묵이 흘렀다. 한쪽에서 수돗물이 천천히 흐르고 있었다. 죽어 가는 남자의 얼굴에 주름이 깊게 파였다.

남작은 할 말이 있다는 표시를 했다. 발레리는 몸을 숙였다. 그러나 그는 하인들이 들을까 겁이 나서 이렇게 명령했다.

「더 가까이······ 더 가까이······」

발레리는 마치 그가 하려는 말이 두렵기라도 한 듯 망설였다. 남편의 시선이 너무나 위압적이어서 순간 다소곳해진 그녀는 무릎을 꿇고 귀를 바싹 대었다. 몇 마디 두서없는 말이 새어나온 다음 그녀는 가까스로 뜻을 파악할 수 있었다.

「진주······ 목걸이 말이야. 내가 죽기 전에 당신이 알아야······. 그래······ 당신은 날 사랑한 적이 없었어. 당신이 나와 결혼한 건······ 내 재산 때문이었지······」

그녀는 엄숙해야 할 시간에 혹독한 비난을 듣자 발끈해서 대들었다. 남작은 그녀의 손목을 붙잡고 열에 들뜬 목소리로 나지막하게 말을 이어 갔다.

「내 재산 때문이었어. 당신은 행동으로 그것을 입증했지……. 당신은 정숙한 아내가 아니었어. 그래서 당신을 벌하기로 마음먹었지. 지금 이 순간에도 난 당신을 벌하고 있어…… 기뻐 죽겠군. 그래…… 그래야지…… 진주 목걸이가 사라지고 있으니 난 기꺼이 죽겠어. 목걸이가 물을 따라 도랑으로 떨어지는 소리가 안 들리나? 아! 발레리, 그게 벌이야! 한 방울…… 한 방울…… 떨어지는 물방울을 따라……」

남작은 더 이상 기운이 없었다. 하인들이 그를 침대로 옮겼다. 곧 의사가 당도했고 함께 전갈을 받은 사촌 누이 노파 두 명이 도착해 방에서 움직이지 않았다. 그들은 아주 작은 움직임 하나에도 발레리를 경계하는 듯했고 어떤 침입으로부터도 서랍과 옷장을 지킬 준비가 되어 있었다.

임종은 길었다. 아세르망 남작은 다른 말은 전혀 하지 않고 해가 뜰 무렵 숨을 거뒀다. 두 사촌의 정식 요청에 따라 곧바로 방의 모든 가구가 봉인되었다. 그리고 기나긴 초상집의 밤샘이 시작되었다.

장례식이 끝나고 이틀 후, 남작의 공증인이 발레리를 찾아와 개인 면담을 청했다.

그는 엄숙하고 비통하게 애도를 표하며 말했다.

「이런 말씀을 드리기가 매우 유감스럽습니다, 남작 부인. 유언장이 부인께 불리하게 만들어진 점을 이해할 수가 없어 가능하면 유언 집행을 빨리 마무리하고 싶은 마음입니다. 하지만 고인의 의지가 너무 완고했습니다. 부인도 아세르망 남작의 고집을 아시죠. 제가 아무리 애를 써도……」

「선생님, 차근차근 설명을 해 주세요」

발레리가 애원했다.

「그러니까 남작 부인, 내용은 이렇습니다. 제게는 아세르망 씨께서 부인을 포괄 수유자(피상속인의 권리, 의무 전부가 포괄 승계되는 상속인을 지칭 ─ 옮긴이)이자 단독 상속인으로 지정해 20년 전에 작성하셨던 첫 번째 유언장이 있습니다. 그런데 지난 달, 고인께서 제게 또 다른 유언장을 작성해 달라고 의뢰하셨고…… 그에 따르면 전 재산을 두 사촌 누이에게 물려주기로 하셨습니다」

「다른 유언장도 지금 갖고 계세요?」

「제게 읽어 주신 다음, 이곳 책상 서랍 속에 감춰 두셨습니다. 고인께선 임종하시고 1주일 뒤에 유언장이 공개되길 원하셨습니다. 봉인은 그 날짜에만 해제할 수 있습니다」

아세르망 남작 부인은 그제야 남편이 몇 년 전, 둘 사이의 불화가 심했을 때 자신의 모든 패물을 팔아 그 돈으로 진주 목걸이를 장만하라고 권했던 이유를 깨달았다. 그녀 손에는 가짜 목걸이만이 남았다. 게다가 상속도 받을 수 없다면 발레리는 알거지가 될 것이다.

봉인을 해제하기로 한 전날, 자동차 한 대가 라보르드가의 조촐한 상점 앞에 멈췄다. 그곳에는 다음과 같은 현판이 걸려 있었다.

바르네트 탐정 사무소
영업시간: 2시~3시
무료 상담

상복을 입은 한 부인이 차에서 내려 문을 두드렸다.

「들어오시죠」
누군가 안쪽에서 소리쳤다.
부인은 안으로 들어갔다.
「누구십니까?」
커튼으로 분리된 사무실 뒤편 방에서 그녀가 아는 목소리가 들려왔다.
「아세르망 남작 부인이에요」
발레리가 말했다.
「아! 실례했습니다, 남작 부인. 앉아 계십시오. 곧 나갑니다」
발레리 아세르망은 사무실 안을 둘러보며 잠시 기다렸다. 사무실 안에는 탁자 하나와 낡은 소파 둘뿐이었다. 벽도 액자 하나 없이 휑했고, 바닥에 떨어진 서류나 휴지 조각조차 없었다. 전화기가 유일한 장식품이자 사무용품이었다. 그러나 재떨이 위에는 피우다 만 최고급 담배의 꽁초가 놓여 있어, 온 방 안에 부드럽고 은은한 향기가 감돌았다.
안쪽 벽걸이 천을 들추고 바르네트가 미소 띤 얼굴로 모습을 드러냈다. 해진 프록코트에 기성복 넥타이를 맸는데 여전히 매듭이 서툴게 묶여 있었다. 검정색 끈 끝에는 외눈 안경이 달려 있었다.
그는 서둘러 그녀의 손을 붙들고 장갑 위에 입을 맞추었다.
「안녕하셨습니까, 남작 부인? 다시 뵙게 되어 영광입니다. 아니, 무슨 일이십니까? 상중이십니까? 심각한 일은 아니겠죠? 아! 참, 제가 깜빡했습니다! 이제야 생각이 나는군요. 아세르망 남작께서…… 맞죠? 참 안됐습니다. 멋진 분인 데다 부인을 그토록 사랑하셨는데! 그런데 어디까지 이야기하다 말았죠?」
바르네트는 호주머니에서 작은 수첩을 꺼내 뒤적였다.

「아세르망 남작 부인이라…… 맞아요. 기억이 납니다. 가짜 진주 목걸이 사건. 남편이 범인…… 아름다운 부인…… 아주 아름다운 부인…… 내게 전화해야 함……. 친애하는 부인, 저는 그 전화를 늘 기다렸습니다」

바르네트는 갈수록 친근한 투로 말했다.

이번에도 발레리는 그 때문에 당황했다. 남편의 죽음으로 상심한 아내다운 태도를 취하지 않아도 그녀는 이미 충분히 괴로웠다. 그리고 미래에 대한 불안과 가난의 공포가 더해졌다. 그녀는 파산과 궁핍의 환영, 악몽, 회한, 심한 불안, 절망에 사로잡혀 보름을 보낸 참이라 얼굴에 고통스러운 표정이 역력했다. 그런데 지금 그녀는 상황을 전혀 이해하지 못한 듯 유쾌하고 꾸밈 없이 눈부신 젊은이 앞에 서 있었다.

발레리는 대화에 적절한 품위를 유지하기 위해 위엄을 갖추고 사건들을 이야기했고, 남편을 비난하지 않도록 공증인의 발표를 그대로 되풀이했다.

탐정은 동의하는 미소를 지으며 말했다.

「굉장합니다! 아주 좋아요……! 대단하군요……! 모든 게 훌륭하게 연결되고 있습니다. 흥미진진한 이 드라마가 어떤 식으로 전개될지 자못 즐거워지는데요!」

「즐겁다고요?」

점점 더 어찌할 바를 모르며 발레리가 물었다.

「네, 제 친구 베슈 형사가 생생히 느꼈어야 할 즐거움입니다. 그 친구가 부인께 설명을 드렸을 거라 생각되는데……?」

「뭘요?」

「뭐라뇨? 사건의 핵심이자 원동력 말이죠! 참 우스꽝스럽죠?

베슈 형사라면 포복절도했을 텐데!」

바르네트는 진심으로 즐거워하고 있었다.

「아! 세면대 건이라! 정말 기발한 발상이죠! 드라마보다는 희극에 가깝군요! 얼마나 탄탄한 구성인지! 전 금방 그 트릭을 알아챘답니다. 부인께서 배관공에 대해 말씀하셨을 때 곧바로 세면대 보수 작업과 아세르망 남작이 세운 계획의 관계를 포착했죠. 전 혼자 생각했습니다. 〈요것 봐라, 저게 핵심이군! 남작은 목걸이 바꿔치기를 궁리함과 동시에 진짜 진주 목걸이를 넣어 둘 은밀한 장소를 확보해 둔 거야!〉 남작에겐 그것이 요점이었을 것입니다. 만약 남작께서 부인의 목걸이를 쓰레기 보따리처럼 센 강에 던져 버리기 위해 뺏으신 거라면 복수는 절반만 이루어진 겁니다. 이 복수가 완벽해지고 전체적으로 위대해지기 위해서는 진주 목걸이를 그분의 손아귀에서 아주 가깝지만 접근이 불가능한 은밀한 곳에 숨겨야 했습니다. 그래서 그런 일이 벌어진 겁니다」

바르네트는 대단히 즐겁게 웃으며 말을 이었다.

「남작께서 기꺼이 알려 주신 정보 덕에 그때 벌어진 일을 짐작할 수 있습니다. 배관공과 은행가가 나눴던 대화는 이랬을 것입니다. 〈이봐, 세면대 아래의 배수관을 잘 살펴봐 줘. 배수관이 벽의 가장 아랫부분까지 내려와서 거의 눈에 안 띄게 서서히 기울어 가고 있네, 안 그런가? 이 경사를 좀더 낮춰 주고 이쪽, 가려진 쪽에서는 물체가 괴어 있다가 내려갈 수 있게 배수관을 약간 세워 주게. 수도꼭지를 틀면 물이 흘러내려 그 오목한 곳을 가득 채웠다가 그 물체를 싣고 갈 수 있게 말이야. 알겠나, 친구? 그리고 눈으로 볼 수 있도록 벽에 붙은 배수관 옆쪽으로 직경 1센티미터쯤 되는 구멍을 하나 뚫어 주게……. 바로 이쪽으로…… 아주 좋아! 됐네! 이제 고무 마개로 이 구멍을 막게나. 됐나? 잘했어, 친구. 정말 고맙고, 우리 문제를 해결할 일만 남았군. 내 말에 동의하지? 누구에게도 말하면 안 된다는 걸? 입 다물어야 해. 여기, 오늘 저녁 6시 브뤼셀 행 기차표야. 한 달에 하나씩 쓸 수 표 석장도 있네. 3개월 후엔 돌아와도 좋아. 잘 가게, 친구……〉 두 사람은 악수를 나눴겠죠. 그날, 부인께서 거실에서 난 소리를 들었던 그날 저녁, 진주 목걸이가 바꿔치기 되었고 진짜는 미리 준비된 은밀한 곳, 바로 배수관 홈에 숨겨진 겁니다. 이제 아시겠습니까? 살 가망이 없음을 아신 남작께선 부인을 부르시고는 〈물 한 잔 부탁해. 아니, 물병의 물 말고…… 저 물 말이야.〉라고 말씀하셨죠. 부인은 순종하셨습니다. 부인 손으로 수도꼭지를 틀면서 무시무시한 벌이 시작되었습니다. 흘러내리는 물이 진주 목걸이를 실어 내려갔고 남작께선 기쁨에 넘쳐 〈들려? 진주 목걸이가 사라지고 있어…… 심연 속으로 떨어지고 있어.〉라고 중얼거리신 겁니다」

남작 부인은 아연실색해서 아무 말 없이 듣고 있었다. 그러나 원한과 증오가 깊게 사무친 남편이 저지른 일에 대한 설명보다는 소름끼칠 정도로 정확한 사실들이 밝혀졌다는 점에 경악했다.
「당신은 알고 있었죠? 진실을 알고 있었죠?」
그녀가 우물거렸다.
「허 참, 그게 제 직업인걸요」
「제게 한마디도 안 하셨잖아요!」
「뭐라고요! 남작 부인, 제가 알고 있던 것을 아니, 제가 막 알게 되려던 것을 말하지 못하게 막고 저를 마구 내쫓으신 분은 바로 부인이십니다. 전 분별 있는 사람입니다. 그래서 강요는 하지 않은 겁니다. 그것을 눈으로 확인해야 하지 않았겠습니까?」
「그래서 확인하셨나요?」
발레리는 말을 더듬거렸다.
「아! 단순한 호기심에……」
「언제?」
「바로 그날 밤」
「그날 밤? 집에 몰래 들어올 수 있었어요? 아무 소리도 못 들었는데……」
「소리 없이 작업하는 게 습관이라……. 아세르망 남작 역시 아무 소리도 못 들으셨습니다. 다만……」
「다만……?」
「제 눈으로 확인하고 싶어서 배수관의 구멍을 좀 넓혔습니다. 아시겠습니까? 목걸이를 밀어 넣은 그 구멍 말입니다」
그녀는 몸을 떨었다.
「그래서……? 그래서……? 보셨어요?」
「봤습니다」
「진주 목걸이를……?」
「진주 목걸이가 거기에 있더군요」
발레리는 목이 메어 가라앉은 목소리로 되뇌었다.
「목걸이가 거기에 있었다면 그것을…… 집어 올 수도 있었겠네요……」
그는 솔직하게 실토했다.
「저런, 저 바르네트가 없었더라면 목걸이는 아세르망 씨가 돌아가시기 전에 정한 대로의 운명을 따르게 되었을 겁니다. 그분이 말씀하셨던 운명을…… 기억하시죠. 〈진주 목걸이가 떠나간다…… 심연 속으로 떨어진다. 한 방울씩 떨어지는 물방울을 따라…….〉 제가 없었다면 유감스럽게도 그분의 복수는 성공을 거뒀을 것입니다. 얼마나 아름다운 목걸이던지…… 멋진 작품이었죠!」

발레리는 분노와 격정에 휩쓸려 인격을 손상시킬 유형의 사람이 아니었다. 하지만 이때만큼은 몹시 화가 치밀어 바르네트의 멱살을 잡으려 소리 질렀다.

「그건 도둑질이에요! 당신은 협잡꾼이에요……. 그럴 줄 알았어요. 협잡꾼! 사기꾼!」

사기꾼이라는 말에 젊은이는 바르네트는 즐거워했다.

「사기꾼이라……! 멋진 말이군요」

그가 속삭였다.

발레리는 멈추지 않았다. 치를 떨고 방 안을 활보하며 외쳤다.

「저라면 그렇게 안 했을 거예요! 당장 제게 돌려주세요! 안 그러면, 경찰을 부르겠어요」

바르네트가 탄성을 질렀다.

「오! 그처럼 야비한 생각까지……! 어떻게 부인 같은 미인께서 이런 헌신적이고 성실한 남자 앞에서 우아함을 잃으실 수가……!」

발레리는 어깨를 으쓱하고 이렇게 명령했다.

「내 목걸이를 돌려줘요!」

「하지만 목걸이의 운명은 부인 손에 달렸습니다. 부인께선 바르네트가 공짜로 얻은 물건을 왜 훔쳤다고 생각하십니까? 흠잡을 데 없는 명성과 청렴한 행동으로 인기를 얻고 있는 바르네트 탐정 사무소가 뭐가 되라고요? 저는 한 푼도, 단 한 푼도 고객에게 요구하지 않습니다. 부인의 목걸이를 갖고 있다면 전 도둑이고 사기꾼이 되겠죠. 하나 전 정직한 사람입니다. 친애하는 남작 부인, 부인의 목걸이는 여기 있습니다!」

그는 목걸이를 넣어 둔 천 주머니를 꺼내 탁자 위에 놓았다.

깜짝 놀란 〈친애하는 남작 부인〉은 소중한 목걸이를 떨리는 손으로 움켜잡았다. 자신의 눈을 믿을 수 없었다. 이 남자가 이렇게 돌려줄 생각이었을까……? 발레리는 갑작스러운 이 행동이 정말 선의로 한 것인지 의심이 생겼다. 그래서 고맙다는 말도 없이 헐레벌떡 문을 향해 달려갔다.

「참 급하기도 하시지! 진주의 수도 안 세어 보시고……! 345개 고스란히 있습니다. 이번엔 진짜 목걸이랍니다」

바르네트가 웃으며 말했다.

「네, 네…… 저도 알아요」

발레리가 말했다.

「확실한가요? 부인의 보석상이 50만 프랑으로 감정했던 그것이 맞습니까?」

「네…… 맞아요」

「장담하십니까?」

「네」

그녀는 분명하게 말했다.

「이번에는 제가 그 목걸이를 사겠습니다」

「제 목걸이를 사신다니? 무슨 말씀이세요?」

「제 말씀은 재산이 없으면 부인께서 목걸이를 파실 수밖에 없다는 뜻입니다. 그러니 부인께서는 제게 의뢰하시는 편이 낫습니다. 세상의 그 누구보다도 더 많은 액수를…… 즉 감정 금액의 20배를 드리겠습니다. 50만 프랑 대신 1000만 프랑을 제시하는 겁니다. 하! 하! 놀라셨군요! 1000만 프랑이면 대단한 액수죠」
「1000만 프랑!」
「정확히 아세르망 씨의 유산에 달하는 금액입니다」

발레리는 문 앞에 멈추어 섰다.
「제 남편의 유산과…… 무슨 연관이 있는지 모르겠군요. 설명 좀 해 주세요」
바르네트는 한마디씩 끊어 가며 말했다.
「설명은 몇 마디면 됩니다. 부인께선 진주 목걸이나 유산 둘 중 하나를 선택하셔야 합니다」
「진주 목걸이와……, 유산?」
그녀는 이해가 안 가는 듯 중얼거렸다.
「그렇습니다. 부인께서 말씀하셨듯이 그 유산 상속자는 두 유언장 중 하나로 결정됩니다. 첫 번째는 부인께 유리한 유언장이고 두 번째는 마녀처럼 심술궂어 보이는 늙은 백만장자 사촌 누이들에게 유리한 유언장입니다. 두 번째 유언장을 찾지 못한다면 바로 첫 번째 유언장이 유효하게 되는 거죠」
그녀는 담담히 대꾸했다.
「내일 봉인을 해제하고 책상을 열기로 되어 있어요. 유언장이 그 속에 있거든요」
바르네트가 빈정거렸다.
「그 속에 있기도 하고…… 더 이상 없기도 할 테죠. 제 비천한 소견으로 유언장은 그곳에 없음을 밝히는 바입니다」
「그것이 가능해요?」
「물론 가능하죠. 거의 확실합니다. 제 기억으로는 우리가 대화

떨어지는 물방울 33

를 나눈 날 밤에 제가 세면대 배수관을 살펴보러 갔을 때, 그 기회를 이용해서 부군의 침실도 살짝 둘러봤습니다. 어찌나 잘 주무시던지!」

「그래서 유언장을 집어 왔어요?」

발레리는 가슴 졸이며 말했다.

「식은 죽 먹기였죠. 그나저나 정말 악필이더군요, 안 그렇습니까?」

탐정이 인지가 붙은 종이를 펼치자, 아세르망 부인은 남편의 글씨체를 확인하며 다음 문장을 읽을 수 있었다.

「레옹 조제프 아세르망 본인은 은행가로서, 본인의 아내가 잊지 못할 몇 가지 사건들 때문에 본인의 재산을 한 푼도 상속할 수 없음을 선언하며……」

발레리는 끝까지 읽지 못했다. 목이 메었다. 기운이 빠진 그녀는 이렇게 중얼거리며 안락의자로 쓰러졌다.

「당신이 이 서류를 훔쳤군요……! 전 공범이 되기는 싫어요……! 제 가엾은 남편의 의사대로 실현되어야 해요……! 꼭 그래야 해요!」

바르네트는 열띤 동작을 취했다.

「아! 친애하는 부인, 잘하셨습니다! 의무란 희생 속에 있는 법입니다. 게다가 아주 가혹한 의무인 만큼 부인을 칭찬하는 바입니다. 또한 그 사촌 노파들은 유산을 받을 자격이 없고 아세르망 씨의 복수에 희생당한 사람은 부인이시기 때문입니다. 젊은 시절의 과오 때문에 그런 부당한 벌을 받아들인 겁니다! 아름다운 발레리 부인은 마땅히 누릴 권리가 있는 사치를 박탈당하고 궁핍에 빠지고 말 겁니다! 남작 부인, 그래도 다시 한번 생각해 보시죠.

부인의 행동을 저울질해 보고 그에 따를 모든 결과를 생각해 보십시오. 우리 사이에 오해의 소지가 없도록 말씀드리는 겁니다. 부인께서 목걸이를 선택하신다면, 다시 말해서 이 목걸이가 그 방에서 나왔다면 말입니다. 공증인은 내일 이 두 번째 유언장을 받을 테고 부인께선 자동적으로 유산 상속을 못 받으실 겁니다」

「그렇지 않으면?」

「그렇지 않으면 두 번째 유언장의 존재는 아무도 모르니까 부인께서 전부 상속을 받게 될 테죠. 이 바르네트 덕에 1000만 프랑을 거머쥐는 것입니다」

바르네트는 냉소적인 말투로 이야기를 끝냈다. 발레리는 목덜미를 붙들린 듯 가슴이 답답했고 악마 같은 이 남자의 손아귀에 잡힌 먹이처럼 무력한 기분이 들었다. 저항해도 아무 소용이 없었다. 그녀가 목걸이를 포기하지 않으면 두 번째 유언장이 공개될 것이다. 이 남자와 같은 적수에게는 아무리 애원해도 헛수고였다. 그는 양보하지 않을 것이다.

바르네트는 벽걸이 천으로 가려진 뒷방으로 잠깐 들어갔다가 분장을 지우는 배우처럼 얼굴에 클렌징 오일을 바르면서 돌아왔다. 잠시 후 생기 있는 피부에 건강하고 한층 젊어 보이는 다른 얼굴이 나타났다. 기성품 넥타이는 최신 유행의 넥타이로 바뀌었다. 훌륭하게 재단된 재킷이 낡아서 반질반질하던 프록코트를 대신하고 있었다. 그리고 그는 감히 누구도 고발이나 배신을 하지 못할 정도로 위엄 있게 행동했다. 발레리는 이 사실을 어느 누구에게도, 심지어 베슈 형사에게도 일절 발설하지 않을 생각이었다. 비밀은 지켜져야 했다. 바르네트가 그녀 쪽으로 몸을 굽히고는 웃으면서 말했다.
「자! 이제 부인께서도 판단이 명료해지신 것 같은데요. 다행이군요! 부유한 아세르망 남작 부인께서 가짜 목걸이를 하고 다니실 줄 누가 알겠습니까? 남자건 여자건 부인 친구 분들도 절대 모를 겁니다. 두 가지 싸움에서 이기고 합법적인 재산과 누구나 진짜라고 믿을 목걸이를 둘 다 소유하시는 겁니다. 멋진 생각이 아닙니까? 인생이 새삼 감미롭게 느껴지지 않으신가요? 활기차고 다양하고 즐거우면서 사랑스러운 멋진 인생이죠. 부인의 나이라면 누려야 할 온갖 쾌락을 만끽하실 수 있을 텐데요?」

지금의 발레리에겐 그런 쾌락을 누리고 싶은 마음이 눈곱만큼도 없었다. 그녀는 바르네트에게 증오와 분노의 눈길을 던지고는 일어섰다. 그러고는 자신을 적대적으로 대하는 살롱에서 심기가 불편한 듯 퇴장하는 상류층 부인다운 위엄을 갖추고 곧장 사무실을 나갔다.

발레리는 나가면서 탁자 위에 진주 목걸이 주머니를 내려놓았다.
「저런 모습을 숙녀라고 부르는 건가!」
바르네트는 도덕군자처럼 분개해 팔짱을 끼면서 말했다.
「남편은 그녀의 무분별한 행동을 벌하기 위해 상속권을 박탈했는데…… 남편의 의사는 존중할 생각도 않고! 유언장은…… 슬쩍 숨기고! 공증인을…… 갖고 놀 테지! 늙은 사촌 누이들을…… 벗겨 먹을 거야! 얼마나 가증스러울까! 징벌을 가하고 사물을 제 위치에 돌려놓는 심판자의 역할은 얼마나 훌륭한 역할인가 말이야!」

바르네트는 재빠른 동작으로 목걸이를 제 위치에, 바로 자기 호주머니 속에 다시 넣었다. 그리고 옷을 다 입고 나서 시가를 입에 물고 외알 안경을 끼고는 바르네트 탐정 사무소를 나섰다.

조지 왕의 연애 편지

노크 소리가 들렸다.

손님을 기다리며 안락의자에서 졸고 있던 바르네트 탐정 사무소의 바르네트가 대답했다.

「들어오세요」

그는 방문객을 바라보다가 정답게 외쳤다.

「아! 베슈 형사! 이렇게 찾아와 주다니 정말 반갑군요. 안녕하셨습니까, 친구?」

베슈 형사는 복장이나 업무 방식이 전형적인 형사 유형과는 전혀 달랐다. 세련미를 추구하며 바지의 주름을 강조하고 넥타이를 정성껏 맸으며 인조 칼라에 광택을 냈다. 얼굴은 희고 몸은 길쭉하게 마르고 약해 보였다. 그러나 이두박근이 튀어나온 건장한 두 팔이 깃털처럼 가벼운 몸뚱이에 붙어 있어 간신히 권투 선수로 위장한 듯 보였다. 그는 몸매에 대한 자부심이 대단했다. 앳되어 보이는 얼굴에는 아주 만족스런 표정이 깃들어 있었고 시선에는 지성과 날카로움이 돋보였다.

그가 대답했다.

「지나다가 당신의 규칙적인 습관을 알던 터라〈참! 바르네트가 일하는 시간이로군. 잠깐 들러서…….〉」

「조언이나 구해 볼까 해서?」

바르네트가 말을 이었다.

「그럴 수도 있죠」

바르네트의 혜안에 항상 놀라워 마지않는 베슈 형사가 실토했다.

그리고 나서도 곧바로 말을 못하고 망설이고 있는 형사에게 바르네트가 먼저 말을 걸었다.

「무슨 일입니까? 오늘따라 상담이 힘들어 보이는군요」

베슈는 탁자를 주먹으로 쳤다(그의 주먹 힘은 팔의 괴력에서 연유했다).

「그래요, 좀 망설여집니다. 바르네트, 우리는 어려운 수사를 벌써 세 번이나 함께할 기회가 있었습니다. 당신은 사립 탐정으로서, 저는 형사로서 말입니다. 이 세 번의 경우, 예를 들어 아세르망 남작 부인처럼 당신에게 도움을 청했던 사람들이 당신에게 원한을 품고 멀어졌다는 사실을 알게 되었죠」

「그 말을 들으니 내가 마치 그 기회를 이용해서 갈취라도 한 것 같군요……」

바르네트가 툭하니 내뱉었다.

「아니, 그런 말이 아니라……」

바르네트가 그의 어깨를 쳤다.

「베슈 형사,〈무료 상담〉이란 이 사무실의 모토를 당신이 모를리 없을 텐데요. 나는 고객들에게 돈을 요구한 적도 없고 받은 적도 없습니다」

베슈는 안도의 숨을 내쉬었다. 그리고 말을 이었다.

「그 점은 고맙습니다. 그런데 제 직업상 몇 가지 조건 하에서만 협력이 가능하다는 걸 당신도 알 겁니다. 이런 질문은 실례가 되겠지만…… 실제로 바르네트 탐정 사무소의 자금은 어디서 나옵니까?」

「익명을 요구하는 여러 박애주의자들로부터 후원을 받죠」

베슈는 더 이상 캐묻지 않았다. 바르네트가 말을 이었다.

「그런데 베슈 형사, 당신이 가져온 사건은 어디에서 일어난 겁니까?」

「마를리 부근입니다. 살인 사건이며, 피해자는 보슈렐이란 영감이죠. 그 사건을 들어 본 적 있습니까?」

「어렴풋이」

「그럴 줄 알았습니다. 사건이 꽤 이상한데도 언론은 별다른 관심을 보이지 않고 있어요」

「흉기는 칼이었죠?」

「그래요, 등 한복판에」

「칼에 묻은 지문은?」

「없었습니다. 잿더미 속에서 칼을 찾아냈는데, 손잡이가 종이에 싸여 있었나 봅니다」

「다른 흔적은?」

「전혀요. 현장은 난장판이 된 채 가구는 뒤집혀 있었어요. 게다가 탁자 서랍이 하나 부서졌는데 그걸 왜 부쉈는지, 그리고 무엇을 가져갔는지 도통 알 수가 없답니다」

「예심은 어디서 합니까?」

「현재 퇴직 공무원인 르보크 씨와 고뒤 사촌 형제들 세 명을 대질시키고 있는데 이 형제들은 인간 말종으로 불량배에다 밭 도둑에다 밀렵꾼들입니다. 양측이 아무 증거도 없으면서 서로 살인범이라고 비난하고 있어요. 함께 자동차로 가 보시겠습니까? 심문을 해도 사실이라는 근거가 없어서……」

「가 보죠」

「한마디만 더 하겠습니다. 바르네트, 이 사건의 예심판사 포르므리 씨는 스포트라이트를 받아서 파리에서 한 자리를 얻고 싶어하는 사람인 데다 성격이 까다롭고 화를 잘 내는 사법관입니다. 그는 당신이 법관들을 대할 때 잘하는 조롱기를 못 참아 낼 겁니다」

「알겠습니다, 베슈 형사. 그에게 걸맞는 경의를 표할 것을 약속하죠」

퐁틴 마을과 마를리 숲의 중간에 띠 모양으로 숲과 경계를 이루는 잡목림이 있었다. 그 한가운데 작은 단층집이 조촐한 채소밭을 앞두고 야트막한 담을 두른 채 서 있었다. 〈쇼미에르(초가집이라는 뜻—옮긴이)〉에는 1주일 전만 해도 예전에 서점을 했던 보슈렐 영감이 살고 있었다. 그는 가끔 독서를 하기 위해 파리 강둑으로 외출할 때를 제외하고는 꽃밭과 채소밭을 떠나지 않았다. 엄청난 구두쇠였고 생활은 궁색했지만 주변에서는 알부자로 통했다. 퐁틴에 사는 친구 르보크 외에는 어느 누구도 집안에 들이지 않는 사람이었다.

바르네트와 베슈 형사가 자동차에서 내렸을 때는 사건 재연과 르보크의 심문이 이미 끝난 뒤여서 사법관들이 정원에 나와 있었다. 베슈는 쇼미에르의 입구를 지키던 경찰들에게 아는 체를 했다. 그리고 예심판사와 검사 대리가 한쪽 담 모퉁이에 멈춰 섰을 때 바르네트와 함께 그들과 합류했다. 고뒤 사촌 형제 세 명이 진술을 시작했다. 그들의 얼굴은 서로 전혀 닮지 않아, 말하는 투가 엉큼하고 고집이 센 점을 제외하면 공통점이라고는 전혀 없는 또래 농가 일꾼 셋이 모인 듯했다. 그중 맏형이 주장했다.

「네, 판사님. 도움을 요청하러 뛰어내린 곳이 바로 거깁니다요」

「당신들은 퐁틴에서 온 겁니까?」

「예. 시계가 2시를 땡 치고 일터에서 오던 중 이 근처 잡목림 가장자리에서 드니즈 할멈과 이야기를 나누고 있는데 비명소리가 들리기 시작했습니다. 제가 그랬죠,〈도움을 청하자, 이건 쇼미에르에서 나는 소리야.〉라고」

「보슈렐 영감은 말이죠, 판사님. 아, 그 영감을 아셨더라면……! 저흰 열심히 달렸어요. 담을 뛰어넘는데…… 병 조각이 꽂혀 있어서 쉽지 않았죠. 그리고 뜰을 가로질러서……」

「그 집 문이 열렸을 때 여러분은 정확히 어디에 있었습니까?」

「바로 여기요」

고뒤 사촌들 중 맏형이 사람들을 화단으로 이끌었다.

판사가 현관으로 오르는 두 계단을 가리키며 말했다.

「계단에서 15미터 거리군요. 바로 거기에서 나타난 사람이……」

「르보크 씨였습니다. 정말 똑똑히 봤어요. 도망가는 사람처럼 문을 확 열었다가 우릴 보곤 다시 들어갔어요」

「그 사람이 확실합니까?」

「하느님께 맹세합니다!」

「당신들도?」

판사는 다른 형제들에게 물었다.

그들도 긍정했다.

「하느님께 맹세합니다!」

「잘못 보았을 수도 있잖습니까?」

「그 영감이 퐁틴 마을 어귀에서 저희들과 가까이 산 지도 벌써 5년입죠. 전 우유를 배달해 주기도 했고요」

맏형이 주장했다.

판사가 명령을 내렸다. 현관문이 열렸고 안쪽에서 밤색 작업복 차림에 밀짚모자를 쓴 60세가량의 남자가 웃음을 띠며 불그레한 얼굴로 나왔다.

「르보크 씨……」

세 사촌들이 동시에 말했다.

검사 대리가 혼잣말을 했다.

「이 정도 거리에서는 절대로 실수할 리가 없지. 고뒤 사촌 형제들이 도망치는 살인자의 정체를 잘못 봤을 리가 없어」

판사가 말했다.

「물론입니다. 하지만 그들 말이 사실일까요? 정말로 그들이 본 사람이 르보크 씨일까요? 자, 계속합시다」

모두들 집 안으로 들어가자, 벽마다 책으로 가득한 커다란 방이 사람들로 꽉 찼다. 가구는 몇 개만 있을 뿐이었다. 큰 탁자가 하나 있었는데, 서랍 중 하나가 부서져 있었다. 채색 스케치로 그린 보슈렐 영감의 전신 초상화가 액자 없이 놓여 있었는데 마치 서툰 화가가 윤곽만 그리려고 애쓴 듯했다. 바닥에는 마네킹이 피해자 대신 누워 있었다.

판사가 말을 꺼냈다.

「고뒤, 당신이 도착했을 때는 르보크 씨를 못 봤습니까?」
「네, 이쪽에서 신음소리가 들려 곧장 왔죠」
「그때는 보슈렐 씨가 살아 있었다……」
「아! 기운이 넘치진 않았습죠. 등 한복판에 칼을 맞고서 바닥에 엎어져 있었습니다. 저흰 무릎을 꿇었어요. 가엾은 영감이 몇 마디 하더군요」
「무슨 말을 들었습니까?」
「뭐…… 고작 한마디……. 르보크 씨 이름을 몇 차례나 불러댔습니다. 〈르보크…… 르보크…….〉 그러더니 몸을 비틀며 죽었어요. 그래서 집 안을 곳곳이 찾아봤지만 르보크 씨는 없었습니다. 아마 열려 있던 부엌 창문으로 달아나 그 집 뒤편까지 이어진 자갈길로 간 것 같아요……. 그래서 셋이 함께 경찰서로 달려갔고…… 거기에서 본 대로 얘기했습죠」

판사는 몇 가지 질문을 더 하고 사촌 형제들이 르보크에게 제기한 고소 내용을 새로 정리한 다음, 르보크에게 돌아섰다.

르보크는 말을 가로막지도 않고 아무리 화가 나더라도 온화한 태도를 유지하면서 경청했다. 고뒤 사촌 형제들의 이야기가 너무 어리석게 들려서 그런 한심한 말이 자신뿐 아니라 법 앞에서 설득력 있게 들리리라고 의심하지도 않는 눈치였다. 그는 반박도 하지 않았다.

「당신은 할 말이 없습니까, 르보크 씨?」
「더 드릴 말씀 없습니다」
「당신의 주장을 고수하는 겁니까?」
「저는 예심판사님께서 저만큼이나 잘 알고 계시는 진실을 고수하는 바입니다. 판사님께서 직접 심문하셨거나 심문을 시키셨던 퐁틴 마을 사람들은 모두 이렇게 대답하지 않았습니까. 〈르보크 씨는 낮에는 절대 외출하지 않습니다. 정오가 되면 주막에서 그의 점심을 배달하죠. 오후 1시부터 4시까지 그는 창문 앞에서 책을 읽고 파이프 담배를 피웁니다.〉 그런데 그날은 날씨가 화창했습니다. 제 창문은 활짝 열려 있었고 행인 다섯 명이 지나가며 절 보았죠. 항상 오후면 지나가다 제 정원 창살 사이로 절 보곤 하거든요」

「그들을 호출했으니까, 오후 늦게 나올 겁니다」

「다행이군요. 그 사람들이 진술을 확인할 겁니다. 저는 동시에 여기 나타났다 저기 숨을 수 있는 능력이 없으니 이곳과 저희 집에 동시에 있을 수 없거든요. 판사님, 그러니 제가 쇼미에르에서 나가는 모습을 사람들이 봤을 수도 없고 제 친구 보슈렐이 죽어가며 제 이름을 부를 리도 없으니, 고뒤 사촌들 셋이 파렴치한 악당들임을 인정하실 겁니다」

「그들이 살인에 대해 제기한 고소를 뒤집는 겁니까?」

「단순히 추측한 겁니다」

「그렇지만 나뭇단을 모으던 드니즈 할멈은 비명소리가 커졌을 때 그들과 이야기 중이었다고 하던데요」

「그 할멈은 셋 중 둘과 이야기했던 거죠. 셋째는 어디에 있었답니까?」

「뒤쪽에 처져 있었습니다」

「할멈이 그를 봤다던가요?」

「그렇게 생각하던데…… 할멈은 확신을 못했습니다」

「그렇다면 판사님, 남은 하나가 살인을 저지르는 동안 이곳에 없었다는 것을 누가 증명하죠? 주변에 있던 다른 두 명이 피해자를 돕는 게 아니라 비명을 가라앉히고 살인을 완전 범죄로 만들기 위해서 담을 넘은 게 아니라고 누가 증명한답니까?」

「그렇다면 무슨 근거로 그들이 개인적으로 당신을 비난하는 겁니까?」

「저한테 작은 수렵장이 있습니다. 고뒤 사촌 형제들은 상습적인 밀렵꾼들이고요. 제 신고로 두 번이나 현행범으로 체포되어 유죄 선고를 받았습니다. 오늘 저들은 복수를 하는 겁니다」

「당신 말처럼 그 역시 단순한 추측일 뿐이죠. 왜 그들이 보슈렐 씨를 죽였겠습니까?」

「그건 모르죠」

「서랍 속에 무엇이 숨겨져 있었을지 감이 안 잡힙니까?」

「네, 예심판사님. 제 친구 보슈렐은 사람들 말대로 알부자가 아니었습니다. 그 친구는 환전소에 약간의 저금을 맡겨 놓았을 뿐이고, 집에는 아무것도 보관하지 않습니다」

「귀중품은 없었습니까?」

「전혀」

「그의 책들은?」

「직접 보시면 아시겠지만 별 값어치가 없죠. 그 친구는 항상 그것을 후회했습니다. 희귀본과 옛날 장정본을 마련하고 싶어 했지만 그럴 만한 돈이 없었죠」

「그에게서 고뒤 사촌 형제들에 관해 들은 이야기는 없습니까?」

「없습니다. 불쌍한 친구의 죽음을 복수하고픈 마음은 너무나 크지만, 진실 외에 다른 말은 하고 싶지 않습니다」

심문은 계속되었다. 판사는 세 사촌 형제들에게 질문 공세를 퍼부었다. 그러나 대질 심문에서는 아무 결론도 나지 않았다. 몇 가지 부수적인 사항을 밝혀 낸 다음, 사법관들은 퐁틴으로 자리를 옮겼다.

마을 경계에 위치한 르보크의 소유지는 쇼미에르보다 크지 않았다. 손질이 잘된 생 울타리가 아주 높게 정원을 둘러싸고 있었다. 입구의 창살 너머로 둥근 잔디 위에 흰색으로 칠한 벽돌집이 보였다. 쇼미에르처럼 대략 15~20미터 거리였다.

판사는 르보크에게 사건 당일 그가 머물던 장소로 갈 것을 요청했다. 그래서 르보크는 창가에 앉아 책을 무릎에 놓고 파이프를 입에 물었다.

르보크의 말 대로였다. 창살 앞을 지나가면서 집으로 시선을 돌리는 사람이라면 누구나 르보크를 똑똑히 볼 수밖에 없었다. 소환된 증인 다섯 명은 퐁틴의 농부이거나 상인들이었다. 사건 당일 정오에서 4시 사이에 본 르보크의 모습 역시 지금 사법관들 앞에 선 모습만큼이나 의심할 여지가 없다며 자신들의 진술을 확인했다.

사법관들은 검사와 예심판사 앞에서 난감함을 감추지 못했다. 그때 베슈가 자신의 친구 바르네트를 통찰력이 뛰어난 탐정으로 소개하자 예심판사는 이렇게 말했다.

「이처럼 복잡하게 얽힌 사건을 선생은 어떻게 생각하십니까?」

「그래요, 바르네트 씨는 어떻게 생각하십니까?」

베슈는 바르네트에게 예절바른 행동을 하라는 말을 상기시키듯 힘주어 말했다.

바르네트는 쇼미에르에서 행해지는 모든 수사를 말없이 지켜보았다. 여러 번 베슈가 질문을 던졌지만 아무 대꾸도 없었다. 그저 고개를 끄덕거리고 몇 마디 중얼거렸을 뿐이다.

바르네트는 상냥하게 대답했다.
「아주 복잡하군요, 예심판사님」
「그렇지 않습니까? 사실, 쌍방의 의견이 비등합니다. 르보크 씨에겐 알리바이가 있습니다. 그의 말대로 오후에는 집에서 한 발짝도 나가지 않은 것이 확실합니다. 또 세 사촌들의 이야기 역시 제 생각엔 진짜 같고요」
「진위가 문제군요. 이 사건은 선택 여하에 따라 불명예스러운 일이 되거나 천박한 희극이 될 겁니다. 하지만 어느 쪽일까요? 과연 험상궂은 얼굴의 수상쩍은 고뒤 사촌 형제들이 결백할까요? 범인은 순수하고 청렴결백해 보이는 얼굴에 웃음을 띤 르보크 씨일까요? 아니면 이 드라마의 출연진 모두가 생김새대로 역할을 맡았다면 르보크 씨는 결백하고 고뒤 사촌 형제들이 범인이라고 봐야 할까요?」
「결국, 선생도 우리보다 별로 앞서지 못했군요」
포르므리가 만족스럽게 말했다.
「한참 앞섰는걸요」
바르네트가 대답했다.
포르므리는 입술을 꽉 다물었다.
「그럼 새롭게 알아낸 사실을 알려 주시죠」
「때가 되면 꼭 그렇게 하겠습니다. 그나저나 예심판사님, 오늘 저는 새로운 증인을 소환할 것을 요청합니다」
「새로운 증인?」
「예」
「증인 이름은? 주소는?」
어리둥절해진 포르므리가 말했다.

「누군지는 모릅니다」
「네? 무슨 말씀입니까?」
판사는 이 〈뛰어난〉 탐정이 자신을 우롱하는 것은 아닌지 궁금했다. 베슈는 무척 불안해졌다.
마침내 바르네트는 포르므리에게 고개를 숙이고 10보 이상 떨어진 발코니에서 여전히 성실한 얼굴로 담배를 피우고 있는 르보크를 손가락으로 가리키며 조용히 속삭였다.
「르보크 씨의 지갑 속에 작은 구멍 네 개가 마름모꼴로 뚫린 명함이 하나 있습니다. 그것으로 증인의 이름과 주소를 알 수 있을 겁니다」
이 괴상망측한 말은 포르므리가 침착함을 되찾는 데 도움이 되지 않았지만 베슈 형사는 주저하지 않았다. 그는 아무런 설명도 없이 르보크에게 지갑을 건네받고는 지갑을 열어 마름모꼴로 구멍 네 개가 뚫린 명함 한 장을 꺼냈다. 그 명함에는 〈미스 엘리자베트 로벤데일〉이라는 이름이 찍혀 있었고 밑에 파란색 연필로 〈파리 방돔 그랜드 호텔〉이라고 쓰여 있었다.
두 사법관은 서로 놀라 쳐다보았다. 베슈의 얼굴은 환히 빛났지만 르보크는 조금도 난처한 기색 없이 소리쳤다.
「맙소사! 보슈렐이 그 명함을 얼마나 찾았는데……! 불쌍한 보슈렐!」
「피해자가 뭣 때문에 그 명함을 찾았습니까?」
「오! 별 걸 다 물어보시는군요, 판사님. 아마 거기 적힌 주소가 필요했나 보죠」
「그럼 구멍 네 개는?」
「에카르테 카드 게임(주로 두 사람이 하는 카드 놀이 — 옮긴이)

에서 제가 땄던 카드임을 표시하기 위해 펀치로 찍은 구멍입니다. 저희 둘 다 에카르테 게임을 즐겼습니다. 그런데 제가 실수로 이 명함을 제 지갑 속에 넣었나 봅니다」

아주 그럴듯한 설명이었다. 포르므리는 그 설명을 기꺼이 받아들였다. 그러나 바르네트가 한번도 보지 못한 남자의 지갑 속에 이 명함이 있다는 걸 어떻게 밝혀 낼 수 있었는지 알아내는 일이 남았다.

바르네트는 아무 설명도 하지 않았다. 그저 상냥한 미소를 지으며 엘리자베트 로벤데일의 소환을 강력하게 요구했다. 그의 요구는 받아들여졌다.

로벤데일은 파리에 없었기 때문에 1주일 후에나 돌아온다고 했다. 포르므리는 바르네트에 대한 나쁜 감정에 사무쳐 악착같이 수사를 진행했지만 1주일 동안 별다른 진전을 보지 못했다.

쇼미에르로 다시 모인 날 오후, 베슈 형사가 바르네트에게 말했다.

「당신이 판사의 약을 바짝 올려놓았습니다. 그래서 판사가 당신의 협력을 거절한 겁니다」

「그럼 돌아가야 합니까?」

「아닙니다. 새로운 변화가 있어요」

「어떤 점에서?」

「그가 입장을 정리한 것 같습니다」

「다행이군요. 분명 나쁜 쪽일 테죠. 한바탕 재미있겠군요」

「바르네트 씨, 제발 공손하게……」

「공손하고 사리사욕이 없이! 약속하죠, 베슈 형사. 바르네트 탐정 사무소는 무료입니다. 절대 돈을 받지 않아요. 그나저나 정말이지 포르므리 판사는 신경에 거슬리는 사람이군요」

르보크는 이미 30분 전부터 와서 기다리고 있었다. 곧 로벤데일이 자동차에서 내렸다. 이어 포르므리가 도착해 쾌활한 목소리로 외쳤다.

「안녕하십니까, 바르네트 씨. 뭐, 좋은 소식 좀 있습니까?」

「있을 겁니다, 예심판사님」

「나도 있습니다. 나도요! 하지만 선생의 증인부터 빨리 처리합시다. 선생 증인은 별 볼일 없으니까. 시간 낭비겠죠!」

엘리자베트 로벤데일은 나이 든 영국 여자로, 헝클어진 회색 머리칼에 걸음걸이가 이색적이고 옷차림이 수수했다. 그녀는 프랑스 어를 모국어처럼 유창하게 구사했지만 너무 수다스러워 무슨 말을 하는지는 알아듣기 힘들었다.

로벤데일은 들어오자마자 질문을 받기도 전에 속사포처럼 말을 쏟아 냈다.

「가엾은 보슈렐 씨가 살해되다니! 그렇게 보기 드물게 선량한 사람이……! 그러니까 제가 그 사람을 알고 있었는지가 궁금하신 거죠? 잘은 몰라요. 딱 한 번 사업차 이곳에 왔거든요. 그분에게서 뭔가 구입하려고 말이죠. 근데 가격을 합의하지 못했어요. 전 제 오빠들과 상의한 다음 다시 만날 예정이었죠. 제 오빠들은 유명하답니다……. 제일 큰…… 그걸 뭐라고 하죠……? 하여튼 런던에서 제일 큰 식료품상들이거든요……」

포르므리 판사는 그녀의 말을 정리하려고 애썼다.

「그래서 로벤데일 양은 무슨 물건을 사려고 하셨습니까?」

「종이 한 장이랍니다……. 양파 껍질이라고 할 수 있을 만큼…… 아주 작은 종이 한 장일 뿐이죠」

「그게 무슨 가치가 있습니까?」

「제게는 엄청 소중한 거랍니다. 그나저나 그분께 이런 말을 한 게 잘못이었어요. 〈친애하는 보슈렐 씨, 제 할머니의 어머니이신 아름다운 도로테는 조지 4세에게 연모의 정을 듬뿍 받으셨습니다. 그리고 왕으로부터 받은 연애 편지 열여덟 통을 리처드슨 판본의 송아지 가죽 장정으로 만들어…… 한 권에 한 통씩 총 열여덟 권을 간직하셨답니다. 그분이 돌아가셨을 때 저희 가족이 책을 전부 찾아냈는데 열네 번째 편지가 든 제14권만 빠져 있었어요. 그 편지는 아름다운 도로테가 자신의 정절을 지키지 않고 왕에게서 첫 아들을 얻었음을 증명하기 때문에 가장 흥미 있는 편지였거든요. 그러니 보슈렐 씨, 우리가 이 편지를 되찾게 되어 얼마나 기쁜지 아시겠죠! 로벤데일 가는 조지 왕의 직계 후손이에요! 오늘날 국왕의 사촌들이죠! 우리에게 명예와 작위를 가져다 줄 물건이랍니다!〉」

엘리자베트 로벤데일은 숨을 돌리고 보슈렐 영감과 나눈 협상 이야기를 계속하면서 말을 이었다.

「그러고 나서 말이죠, 〈보슈렐 씨, 30년이나 수소문하고 공고를 낸 끝에 저는 어떤 경매에서 리처드슨 판 제14권을 판매했다는 사실을 알아냈어요. 그 책을 산 볼테르 부두의 서적상에게 달려갔더니 어제부터 당신이 그 책의 소유주가 되었다며 당신을 찾아가랬어요.〉 그랬더니 보슈렐 씨가 〈맞습니다.〉라고 말하고는 제게 리처드슨 판 제14권을 보여 줬어요. 그래서 제가 말했죠. 〈보세요, 열네 번째 편지는 책의 이면, 장정 속에 있어야 해요.〉라고요. 그는 들여다보더니 창백해진 얼굴로 제게 말했어요. 〈얼마에 사겠소?〉 그때 제가 어리석었다는 것을 깨달았죠. 제가 편지에에 대해 말만 안 했어도 그 책을 50프랑에 얻었을 거예요. 전 1000프랑을 제시했어요. 보슈렐 씨는 몸을 부르르 떨더니 만 프랑을 요구하더군요. 전 승낙했죠. 그는 이성을 잃었어요. 저도 마찬가지고요. 정말이지 경매랑 똑같았답니다. 2만…… 3만…… 마침내 그는 5만을 요구했고 눈이 벌개져서 미치광이처럼 소리쳤어요. 〈5만……! 그 이하로는 한 푼도 못 깎아! 이제 내가 원하는 책을 모두 살 수 있게 되었다……! 가장 아름다운 책들로……! 오, 5만 프랑이라!〉 그는 당장 선금을 수표로 달라고 하더군요. 저는 다시 오겠다고 약속했어요. 그는 책을 이 책상 서랍 속에 던져 넣고 열쇠로 잠근 다음 절 보냈어요」

엘리자베트 로벤데일은 아무도 관심 없는 불필요한 설명까지 덧붙이며 이야기를 마쳤다. 그런데 얼마 전부터 뭔가가 바르네트와 베슈 형사의 주의를 끌었다. 바로 포르므리의 경련이 일어난

얼굴이었다. 그는 격한 감정에 사로잡혀 극도의 기쁨을 참기 힘들어했다. 마침내 은밀하지만 과장된 표현으로 속삭였다.

「결국 당신은 리처드슨 판의 제14권을 요구하는 겁니까?」

「네, 판사님」

「여기 있습니다」

그는 연기하는 듯한 몸짓으로 호주머니에서 송아지 가죽으로 장정된 작은 책을 꺼내며 말했다.

「어머나, 세상에!」

영국 여인은 감격에 겨워 외쳤다.

판사가 다시 말했다.

「여기 있습니다. 조지 왕의 연애 편지는 없습니다. 어쩌면 그 책 속에 있었겠죠. 하지만 100년 전부터 찾고 있던 책을 발견했고 책을 훔친 도둑이 곧 편지 도둑인 이상, 편지는 찾아낼 수 있습니다」

포르므리는 한동안 자신의 승리를 만끽하며 뒷짐을 지고 거닐었다.

갑자기 그는 책상을 톡톡 치더니 이렇게 결론을 맺었다.

「우리는 살인 동기를 알고 있습니다. 어떤 남자가 보슈렐과 로벤데일 양의 대화를 엿듣고 보슈렐이 책을 보관한 장소를 눈여겨 보았습니다. 며칠 후 그는 열네 번째 편지를 훔쳐 나중에 팔 속셈으로 살인을 했습니다. 이 남자는 누구였을까요? 농가 일꾼인 고뒤, 저는 줄곧 그를 범인으로 보고 있었습니다. 어제 가택 수색을 하는 동안 저는 벽난로에서 떨어져 나온 벽돌들 사이에 이상한 균열이 있음을 발견했습니다. 그 구멍을 벌려 보았더니 책이 한 권 있더군요. 분명 보슈렐의 서가에서 나온 책이었습니다. 로벤데일 양이 준 뜻밖의 정보로 제 추론의 정당성이 입증되었습니다. 저는 보슈렐 영감을 살해하고 르보크 씨를 고발한 죄목으로 악랄한 깡패들인 고뒤 사촌 형제들을 체포할 예정입니다」

여전히 엄숙한 태도로 판사는 르보크에게 경의를 표하려 손을 내밀었고 르보크는 열렬한 감사를 전했다. 그리고 판사는 예절 바른 신사처럼 엘리자베트 로벤데일을 자동차까지 호위하고 다른 사람들에게 돌아와 두 손을 비비며 외쳤다.

「자, 이 사건은 장안의 화제가 될 테고 사람들의 칭찬으로 제 귀가 간질거리겠죠. 어떻습니까? 야망이 넘치는 이 포르므리를 수도 파리가 유혹하는군요」

판사는 사촌들 셋을 엄중하게 호위해 연행하라고 명령했다. 모두들 고뒤 사촌들의 집 쪽으로 발걸음을 옮기기 시작했다. 르보크가 뒤를 따르고 베슈 형사와 바르네트에게 둘러싸인 포르므리 판사는 만족감에 들떠 빈정거리는 투로 말했다.

「친애하는 바르네트 선생, 아주 신속하게 처리되지 않았습니까? 선생의 예상과는 정반대로 가지 않았습니까! 선생은 르보크 씨를 어떻게 해 보려고 했지만 결국 이렇게 결론이 났습니다」

바르네트가 고백했다.

「예심판사님, 솔직히 말씀드리죠. 그 고약한 명함의 영향을 받았던 것은 사실입니다. 대질 심문을 할 때 그 명함이 쇼미에르의 마루에 있었다는 걸 생각해 보십시오. 르보크 씨는 명함 가까이 접근한 뒤 슬며시 그 위에 발을 올려놓았습니다. 나가면서 그는 명함을 신발 밑창에 붙인 다음 밖에서 명함을 떼어 내 지갑 속에 넣은 겁니다. 저는 습지에 찍혀 있는 그의 오른쪽 발자국을 보고 그 밑창 때문에 마름모꼴로 네 점이 뚫린 자국이 있음을 알게 되었습니다. 그러니까 르보크 씨는 마루에 이 명함을 흘린 사실을 알고는 엘리자베트 로벤데일의 이름과 주소를 남들이 알까 봐 잔꾀를 부렸던 겁니다. 실제로, 이 명함 덕분에……」

포르므리는 웃기 시작했다.

「바르네트 씨, 너무 유치하군요! 뭘 쓸데없이 복잡하게 만듭니까! 어쩌면 그렇게 빗나갈 수 있습니까? 내 원칙 중 하나는 말이죠, 12시부터 두 시간 동안 르보크 씨의 알리바이는 절대적이란 겁니다. 괜히 자신의 선입견에 사실을 짜 맞추려 애쓰지 말고 드러난 사실로 만족합시다」

이들은 고뒤 사촌들의 집으로 가는 길에는 반드시 지나쳐야 하는 르보크의 집에 이르렀다. 포르므리는 바르네트의 팔을 잡고 다정하게 경찰 심리학에 대한 짧은 강의를 계속했다.

「바르네트 씨, 당신의 큰 과실은 누구든 두 장소에 공존할 수 없다는 아주 단순한 진리를 신성불가침으로 받아들이지 않은 겁니다. 문제의 핵심은 거기에 있어요. 르보크 씨가 창가에서 담배를 피우며 동시에 쇼미에르에서 살인을 할 순 없습니다. 보십쇼, 르보크 씨는 우리 뒤에 있고 열 걸음쯤 앞에 창살이 있지 않습니까? 르보크 씨가 우리 뒤에도 있으면서 창가에 있는 기적을 상상하는 건 불가능하지 않습니까」

이때 우쭐거리며 말을 쏟아 내던 포르므리 예심판사가 갑자기 펄쩍 뛰더니 바보 같은 탄성을 질렀다.

「무슨 일입니까?」

베슈가 그에게 물었다.

그는 손가락으로 집 쪽을 가리켰다.

「저기…… 저기……」

그들은 철책 창살을 통해 20여 미터 떨어진 잔디 저편의 창가에서 파이프를 물고 있는 르보크의 모습을 발견했다. 지금 르보크는 자신들의 곁에 서 있는데 말이다!

공포의 환영인가! 환각인가! 무시무시한 유령인가! 믿기지 않는 닮은꼴인가! 누가 저곳에서 포르므리의 팔짱을 낀 진짜 르보크의 역할을 하고 있는가?

베슈는 철책을 열고 달려갔다. 포르므리도 악마 같은 르보크의 환영을 향해 내달았고 소리를 지르며 위협의 말을 던졌다. 그러나 악마 같은 또 하나의 르보크는 동요하지 않는 듯 미동도 하지 않았다. 어떻게 저렇게 무표정하게 움직이지도 않을까? 그들은 더 가까이 가서야 사실을 깨달았다. 르보크의 모습은 창문틀을 가득 채운 한 폭의 그림이었던 것이다. 쇼미에르에서 보슈렐 영감의 초상을 그린 화가가 파이프 담배를 피우는 르보크의 실루엣을 같은 방식으로 그려 놓았던 것이다.

포르므리가 돌아섰다. 곁에서 온화한 미소를 짓고 있던 불그레한 얼굴의 르보크는 갑작스런 공격을 막아 낼 수 없었다. 그는 몽둥이로 맞은 듯 주저앉고 말았다. 그리고 울면서 바보같이 고백했다.

「제가 이성을 잃고 말았습니다. 죽이려고 찌른 게 아닙니다. 그 친구랑 반반 나누고 싶었는데…… 그가 거절했어요. 그래서 이성을 잃고…… 죽일 생각은 없었습니다」

르보크는 입을 다물었다. 그러자 침묵 속에서 신랄하고 심술궂게 빈정거리는 바르네트의 목소리가 울려 퍼졌다.

「예! 뭐라고 하셨습니까, 예심판사님? 판사님께서 보호하고 계시는 르보크는 멋진 사람이군요! 알리바이를 준비하는 데 얼마나 철저합니까! 어떻게 매일같이 무심결에 지나가는 사람들이 멀리서 진짜 르보크를 보았다고 믿지 않을 수 있었겠습니까? 전 화폭에 담긴 보슈렐 영감의 그림을 보면서 첫날부터 단박에 의심을 했죠. 같은 화가가 친구인 르보크의 그림도 그리지는 않았을까? 조사를 해 보니, 별로 오래되지 않았더군요. 르보크는 멍청한 우리들이 자신이 만든 장치를 발견하지 못할 것이라고 확신했습니다. 그 캔버스는 헛간 구석에, 사용하지 않는 집기들 밑에 돌돌 말려 있었습니다. 저는 조금 전, 그가 판사님의 소환을 받아 나왔을 때 이곳에 캔버스를 고정시켜 놓았을 뿐입니다. 그러니 르보크는 쇼미에르에서 살인을 하며, 동시에 집에서 파이프 담배를 피울 수 있었던 겁니다!」

바르네트는 잔인했다. 날카로운 그의 목소리는 불운한 포르므리 판사의 마음을 찢었다.

「정직한 사람으로 살아오던 그가 범죄를 저질러야 했단 말입니다! 에카르테 카드의 네 점을 표시하기 위해서 구멍 네 개를 뚫었다는 말, 그 명함 문제에 대한 대응도 참 대단하지 않습니까! 지난 번 오후에 제가 미행했습니다만, 그가 고뒤 형제네 벽난로에 가져다 둔 책은 어떻고요! 그가 판사님께 보낸 익명의 편지는……! 판사님의 행동을 개시하게 만든 것이 그 편지였죠! 르보크, 네놈의 그 정직한 노인의 얼굴 때문에 참 많이 웃었다. 못된 놈 같으니!」

안색이 창백해진 포르므리는 심호흡을 했다. 판사는 르보크를 바라보다가 마침내 중얼거렸다.

「그럴 줄 알았어. 저 교활한 눈초리에 지나치게 공손한 예의범절…… 불한당 같으니!」

판사는 갑자기 치미는 화 때문에 오히려 얼굴에 생기가 도는 듯했다.
「그래, 불한당! 내 당신에게 본때를 보여 주지……! 그보다 먼저 열네 번째 편지는 어디 있어?」
거역하기 힘들어진 르보크는 나직이 우물거렸다.
「왼쪽 방 벽에 걸려 있는 파이프 담배의 우묵한 곳에……, 그 파이프는 담뱃재를 긁어내지 않았거든요……. 편지는 그 속에……」
다들 신속하게 그 방으로 들어갔다. 베슈는 곧 파이프를 발견하고 담뱃재를 털었다. 그러나 담배통의 우묵한 곳에는 편지도, 무엇도 없었다. 그 사실에 르보크는 어리둥절해했고 포르므리의 울분은 극도에 달했다.
「거짓말쟁이! 사기꾼! 파렴치한 같으니! 아! 네 녀석은 실토할 수밖에 없어. 결국엔 그 편지를 돌려줘야 할걸!」
그 순간 베슈가 바르네트에게 고개를 돌렸다. 바르네트가 빙그레 웃었다. 베슈는 주먹을 불끈 쥐었다. 그제야 그는 바르네트 탐정 사무소가 무보수라는 특별 방식으로 운영될 수 있는 이유를 이해했다. 그리고 어떻게 바르네트가 고객들에게 한 푼도 요구하지 않는다고 맹세하면서 안락한 사립 탐정의 생활을 영위할 수 있었는지를 깨달았다.
형사는 바르네트에게 다가가서 속삭였다.
「대단한 능력이군요. 아르센 뤼팽이나 할 법한 일입니다」
「뭘요?」
바르네트는 순진한 태도로 대꾸했다.
「편지 은닉 말입니다」
「아! 알아챘습니까?」

「물론이죠!」
「어쩌겠습니까, 난 영국 왕들의 친필 원고를 수집하고 있거든요」

3개월 후 런던에서 엘리자베트 로벤데일은 어떤 기품 있는 신사의 방문을 받았다. 신사는 조지 왕의 연애 편지를 찾아 주겠다고 장담했다. 그 대신 그는 10만 프랑이라는 막대한 돈을 요구했다.

협상은 난관을 겪었다. 엘리자베트는 런던에서 가장 큰 식료품 상들인 오빠들과 상의했다. 그들은 서로 싸우고 반대하다가 굴복하고 말았다.

기품 있는 신사는 10만 프랑을 손에 넣고 그것도 모자라 멋진 식료품 차량까지 빼돌렸으나 아무도 그 차가 어떻게 되었는지는 알 수 없었다.

바카라 시합*

    역 출입구에서 바르네트는 베슈 형사를 발견했다. 형사는 그의 팔을 붙들고 서둘러 자리를 옮겼다.
    「1분도 지체할 수 없어요. 상황이 시시각각 악화될 수 있단 말입니다」
    바르네트가 차분히 말했다.
    「무슨 상황인지 알고 왔다면 불행이 더 커 보였겠습니다. 당신 전보를 받고 오긴 했지만 사전 정보가 전혀 없었습니다」
    「내가 원했던 바입니다」
    형사가 말했다.
    「이젠 날 못 믿는 겁니까, 베슈 형사?」
    「난 항상 당신을 불신하고 있습니다, 바르네트 탐정. 그리고

---

* 카드 두 장을 받아 합이 9에 가까울수록 이기는 게임으로 카지노에서 가장 큰 도박
   ——옮긴이

바르네트 탐정 사무소의 고객 결제 방식도 말입니다. 하지만 이번에는 아무것도 가로챌 게 없어요, 친구. 이번만은 무료로 일해야 합니다」

바르네트가 딴청을 피우듯 휘파람을 불었다. 베슈는 벌써부터 불안해서 의심스럽게 바라보며 이렇게 말하는 듯했다.

〈이보게, 친구. 내 자네 도움 없이 해결할 수만 있다면……!〉

그들은 안뜰에 도착했다. 자가용 승용차 한 대가 한쪽에 대기하고 있었고 바르네트는 차 안에서 얼굴이 아주 창백하고 비장해 보이는 아름다운 부인을 보았다. 부인의 눈에는 눈물이 가득했고 입술은 불안에 떨고 있었다. 그녀는 곧 자동차 문을 열었고 베슈는 두 사람을 소개했다.

「부인, 제가 부인을 구할 수 있는 유일한 사람이라고 말씀드린 짐 바르네트입니다. 이쪽은 기술자 푸주레 씨의 부인이며 남편인 푸주레 씨는 현재 피의자로 조사받고 있습니다」

「무슨 죄목으로?」

「살인죄입니다」

바르네트는 살짝 혀를 찼다. 베슈는 눈살을 찌푸렸다.

「이 친구의 결례를 사과드립니다, 부인. 이 친구는 사건이 심각할수록 기분이 좋아지거든요」

자동차는 이미 루앙 부두 쪽으로 달리고 있었다. 좌회전을 한 뒤 4층에 노르망디 클럽이 자리 잡고 있는 큰 건물 앞에 정차했다.

베슈가 말했다.

「이곳은 루앙과 인근의 큰 상인들과 실업가들이 모이는 곳입니다. 주로 주식 시장이 열리는 금요일마다 담소를 하거나 신문을 읽고 브리지나 포커 게임을 하기 위해 오죠. 정오 전에는 청소하는 사람들밖에 없으니까, 사건이 발생한 경위를 찬찬히 설명해 드리겠습니다」

건물 정면에서 보면 안락한 가구와 카펫이 깔린 큰 홀 세 개가 연달아 있었다. 세 번째 홀에는 원형의 아주 작은 방이 연결되어 있었고 하나뿐인 창문은 센 강 부두를 내려다보는 커다란 발코니 쪽으로 열려 있었다.

그들은 자리에 앉았다. 푸주레 부인이 창가 쪽으로 약간 떨어져 자리를 잡았고 베슈가 말문을 열었다.

「몇 주 전 어느 금요일에 클럽의 멤버 네 명이 저녁 식사 후 포커 게임을 시작했습니다. 친하게 지내는 이들 넷은 모두 루앙 인근의 대규모 공업단지인 마롬의 방적 공장 사장들이었습니다. 알프레드 오바르, 라울 뒤팽, 루이 바티네이며 이들 세 사람은 결혼했고 훈장까지 받았죠. 네 번째는 독신에다 나이도 어린 막심 튈리에라고 합니다. 자정 무렵, 폴 에르스텐이라는 매우 부유한 젊은 자산가가 그들과 합류했습니다. 늦은 시각이라 홀에는 점점 사람이 줄어들었지만 다섯 사람은 바카라 게임을 시작했습니다. 도박을 좋아하는 폴 에르스텐이 뱅커(바카라에서는 플레이어와 뱅커 두 패로 나뉨—옮긴이)를 맡았죠」

베슈는 탁자 중 하나를 가리키며 말을 계속했다.

「그들은 이 탁자에서 게임을 했습니다. 처음에는 따분해서 시작했던 도박판이라 아주 조용하다가 폴 에르스텐이 샴페인 두 병을 시킨 다음부터 서서히 활기를 띠었죠. 그때부터 은행가에게 행운이 작용했습니다. 다른 사람들에게는 갑작스레 닥친 불운이었고 인정사정도 없어서 짜증이 났습니다. 폴 에르스텐은 자기 차례가 되자 9를 뒤집고(받은 카드 두 장에서 8, 9가 내추럴이라

해서 이길 확률이 높음──옮긴이) 적절할 때 나쁜 패를 내놓았습니다. 다른 사람들은 분한 마음에 두 배로 배팅했습니다. 더 많이 내놓아 봤자 무용지물이 아니었겠습니까? 각자가 이성에 어긋나게 고집 부린 이 엉뚱한 해프닝의 결과는 다음과 같았습니다. 새벽 4시경 마롬의 실업가 넷은 공장 직원들의 봉급을 지급하기 위해 루앙에 가져왔던 돈을 몽땅 날렸습니다. 막심 튈리에는 폴 에르스텐에게 구두 약속으로 8만 프랑을 빚지기까지 했습니다」

베슈 형사는 잠시 숨을 돌리고 나서 말을 이었다.

「그런데 돌발 사태가 벌어졌습니다. 폴 에르스텐이 지극히 친절하게도 욕심을 버리고 마련해 준 돌발 사태라고 말해야겠죠. 그는 자기가 딴 돈을 도박에 참여했던 사람들이 잃었던 금액에 꼭 맞게 4등분했습니다. 그리고 넷으로 나눴던 지폐를 각각 셋으로 나눈 뒤 마지막으로 세 판만 더 하자고 제의했습니다. 한 사람씩 지폐 뭉치 하나로 〈더블 오어 퀏〉(double or quit, 두 배로 배팅하거나 끝나는 게임──옮긴이)을 하는 셈이었죠. 그들은 수락했습니다. 그리고 폴 에르스텐은 세 판 모두 패했습니다. 운이 다한 거죠. 밤을 꼬박 샜지만 승자도 패자도 없었습니다.

그때 폴 에르스텐이 자리에서 일어나며 말했습니다.

〈다행입니다. 제 자신이 좀 창피했거든요. 골치가 아프네요! 누구, 담배 피우러 발코니로 가시지 않겠습니까?〉

그는 둥근 방으로 들어갔습니다. 몇 분이 흐르는 동안 네 친구는 탁자에 남아서 방금 끝낸 게임에 대해 유쾌하게 이야기를 나누었습니다. 그리고 그곳을 떠나기로 했죠. 그들은 두 번째 홀과 첫 번째 홀을 가로질러 가다가 대기실에서 졸고 있던 하인에게 통보를 했습니다.

〈에르스텐 씨는 아직 남아 있네, 조제프. 얼마 안 있어 나갈 테지.〉

그들은 정확히 4시 35분에 나갔습니다. 그들 중 알프레드 오바르가 자신의 자동차로 여느 금요일 밤처럼 마롬까지 그들을 태우고 갔습니다. 하인 조제프는 한 시간을 기다렸습니다. 기다리다 지친 조제프는 폴 에르스텐을 찾아 나섰고 둥근 방 안에서 앞으로 고꾸라져 꼼짝 않고 누워 있는 그를 발견했습니다. 폴 에르스텐은 죽어 있었어요」

베슈 형사는 다시 한번 숨을 골랐다. 푸주레 부인이 고개를 떨어뜨리고 있었다. 바르네트는 형사와 함께 멀리 떨어져 있는 둥근 방으로 가서 조사를 하고 말했다.

「이제 사건의 핵심으로 들어가죠, 베슈 형사. 수사로 밝혀진 것은?」

베슈가 대답했다.

「밝혀진 사실은 폴 에르스텐이 관자놀이를 둔기로 얻어맞아 일격에 쓰러졌다는 겁니다. 이곳에 폴 에르스텐의 시계가 깨져 있었던 것을 빼면 싸운 흔적이 전혀 없었습니다. 그 시계는 4시 55분, 즉 다른 사람들이 떠난 지 20분 후에 멈춰 있었습니다. 도둑맞은 흔적도 전혀 없고 반지와 돈, 아무것도 사라지지 않았어요. 결국 조제프가 자리를 비운 적이 없었기 때문에 대기실을 통해서만 출입이 가능했던 침입자의 자취도 전혀 없는 겁니다」

「그러면 아무 흔적도 없었습니까?」

바르네트가 말했다.

「있긴 있었습니다」

베슈는 망설이더니 털어놓았다.

「꽤 중요한 흔적이 하나 있습니다. 그날 오후에 루앙 경찰서의 내 동료 하나가 판사에게 지적한 게 있는데요. 이 방의 발코니가 이웃집 4층의 발코니와 거의 붙어 있다는 점입니다. 검찰이 기술자 푸주레 씨가 4층에 살고 있는 이 건물로 찾아왔어요. 푸주레 씨는 아침부터 집에 없었습니다. 푸주레 부인은 사법관들을 남편 방으로 안내했죠. 이 방의 발코니는 둥근 방의 발코니와 인접해 있습니다. 보십시오, 바르네트 탐정」

바르네트는 다가가더니 말했다.

「약 1미터 20센티미터군요. 뛰어넘기 쉽겠는걸요. 하지만 거기서 뛰어넘었다는 증거는 전혀 없죠」

베슈는 반박했다.

「있습니다. 난간을 따라 꽃밭을 가꾸려고 작년 여름에 흙을 담아 두었다는 나무 상자들이 보이죠? 그 상자들을 조사해 보았습니다. 그중 가장 가까이 있는 상자 속을 보니 갓 휘저어 놓은 흙 위에 브래스 너클(격투용 손가락 쇠붙이—옮긴이)이 있었어요. 법의학자가 피해자에게 생긴 상처가 이 둔기의 형태와 일치함을 확인했습니다. 그 브래스 너클에는 지문이 남아 있지 않았습니다. 아침에 비가 계속 내렸거든요. 불 켜진 둥근 방에서 폴 에르스텐을 발견한 푸주레 씨가 발코니를 뛰어넘어 범죄를 저지른 다음 무기를 숨겼을 겁니다」

「그런데 왜 살인을? 그는 폴 에르스텐과 아는 사이였습니까?」

「아뇨」

「그렇다면?」

베슈는 신호를 보냈다. 푸주레 부인이 가까이 와서 바르네트의 질문을 경청했다. 그녀의 고통스러운 얼굴이 일그러졌다. 불면증으로 거칠어진 속눈썹 밑에서 힘겹게 눈물을 참고 있었다. 떨리는 목소리로 그녀가 말했다.

「그 대답은 제가 해야겠군요, 선생님. 아주 솔직하게 몇 마디로 말씀드릴게요. 선생님도 제 두려움을 이해하실 겁니다. 아뇨, 제 남편은 폴 에르스텐 씨를 몰랐습니다. 하지만 저는 그를 알고 있었죠. 파리에 있는 제 절친한 친구 집에서 여러 번 만났는데 곧바로 제게 수작을 걸어왔어요. 저는 남편을 무척이나 사랑하고 있었기 때문에 정숙한 아내로서의 의무를 지켜 왔지요. 그래서 폴 에르스텐에게 끌리지 않으려고 노력했습니다. 다만 인근 시골에서 그와 몇 번 만났어요」

「그에게 편지를 쓴 적이 있습니까?」

「예」

「편지는 그의 가족들 손에 있겠군요?」
「폴의 부친이 갖고 있어요」
「그의 부친은 복수심에 불타서 그 편지들을 법정에 제출하겠다고 협박했죠?」
「예. 그 편지들에는 우리의 관계가 흠잡을 데 없었음이 드러나 있어요. 그래도 제 남편 몰래 폴을 만났다는 사실은 알 수 있죠. 그중 한 편지에는 이런 글귀도 있어요. 〈폴, 제발 이성을 가져요. 제 남편은 질투심이 강하고 아주 거칠어요. 만약 제 경솔한 행동을 의심한다면 무슨 일이든지 할 사람이에요.〉 그러니, 선생님…… 이 편지가 수사에 새로운 영향을 끼치겠죠? 질투, 그건 경찰이 찾던 살인 동기이자 제 남편 방 앞에서 무기를 발견한 것을 설명할 근거가 될 거예요」
「하지만 부인, 푸주레 씨가 전혀 의심하지 않은 건 확실합니까?」
「예」
「그가 당신을 속인 적은 없습니까?」
「그런 적은 전혀 없어요」
푸주레 부인은 다급히 대답했다.
바르네트는 푸주레 부인의 눈을 깊숙이 들여다보았다. 그는 푸주레 부인의 확신에 감동한 베슈가 기존 사실과 검찰의 견해, 그의 직업적 조심성을 저버리고 그녀를 돕는 쪽으로 마음이 기울었음을 알아챘다.
바르네트는 몇 가지 질문을 더 하고 한참 생각한 뒤 결론을 내렸다.
「아무런 희망도 드릴 수 없군요, 부인. 논리적으로 부군께선 유죄입니다. 그렇지만 그 논리를 틀린 것으로 만들어 보겠습니다」

「제 남편을 만나 보세요. 그이의 설명이 도움이 될지……」
푸주레 부인이 애원했다.
「소용없습니다, 부인. 제 도움은 애초부터 부군의 혐의를 벗기고 부인이 확신하는 방향으로 노력할 경우에만 그 의미를 갖습니다」
대화는 끝이 났다. 바르네트는 지체 않고 사건에 뛰어들었다. 그는 베슈 형사와 함께 피해자의 부친을 찾아가서 단도직입적으로 말을 꺼냈다.
「선생님, 저는 푸주레 부인에게 권한을 일임받았습니다. 부인이 아드님께 쓴 편지들을 검찰에 제출하실 겁니까?」
「오늘 할 거요, 선생」
「선생님께선 푸주레 씨가 그토록 사랑하는 아내를 잃게 만드실 겁니까?」
「그 여자의 남편이 내 아들을 죽였다면 그 여자에겐 유감이오만 내 아들의 복수는 치르는 셈이오」
「닷새만 기다려 주십시오, 선생님. 다음 주 화요일에 살인범이 밝혀질 겁니다」
바르네트는 그간 베슈 형사를 종종 어리둥절케 만들었던 것과 같은 식으로 닷새란 시간을 소비했다. 바르네트는 스스로 엉뚱한 행동을 하거나 형사들에게도 그런 행동을 시켰으며 수사에 수많은 하급 직원들을 동원하며 돈을 펑펑 써 댔다. 그런데도 그리 만족하는 기색이 아니었다. 바르네트는 평소와는 달리 과묵했고 기분이 상당히 언짢아 보였다. 화요일 아침, 바르네트는 푸주레 부인을 만나 이야기했다.
「베슈 형사가 검찰에서 그날 저녁의 사건을 오늘 재연하도록 허가를 받았습니다. 부군께서 소환되었습니다. 부인도 마찬가지입니다. 무슨 일이 일어나도 제발 침착하게 무관심한 척 계십시오」
그녀가 중얼거렸다.
「희망이 있을까요?」
「저도 모르겠습니다. 말씀드렸듯이 저는 〈부인의 믿음에〉, 다시 말해서 푸주레 씨의 결백에 내기를 걸었습니다. 저는 가상의 실험을 통해서 부군의 결백을 입증해 볼 겁니다. 힘들겠죠. 제가 진실을 발견했다고 해도 진실은 마지막 순간까지 숨어 있을 수 있습니다」
수사를 진행하던 검사와 예심판사는 양심적인 사법관들이어서 사실만을 따랐고 그 사실들을 추측에 따라 해석하려 들지 않았다.
베슈가 말했다.
「저분들과 함께라면 당신도 의견 충돌을 일으키거나 빈정거릴 우려가 없군요, 바르네트 탐정. 저분들은 내 마음대로…… 아니 오히려 당신 마음대로 활동할 수 있게 자유권을 부여했다는 사실을 잊지 마십시오」
「베슈 형사, 난 승리를 확신할 때만 빈정거립니다. 오늘은 경우가 다르군요」
많은 사람들이 세 번째 홀을 가득 메웠다. 사법관들은 그들대로 둥근 방의 입구에서 이야기를 나눴고 그 방에 들어갔다가 잠시 후 다시 나왔다. 실업가들 무리가 기다리고 있었다. 경관들과 형사들이 오고갔다. 폴 에르스텐의 부친은 한쪽에 서 있었으며 하인 조제프도 마찬가지였다. 푸주레 부부는 한쪽 구석에 있었는데 남편은 침울한 얼굴에 불안한 말투였고 부인은 평소보다 더 창백했다. 남편의 체포가 기정사실화되어 있었기 때문이다.

사법관들 중 한 명이 도박을 했던 네 사람에게 가서 말했다.

「신사 여러분, 금요일 밤 사건의 재연으로 예심을 시작하겠습니다. 여러분은 바카라 게임 당시를 재연할 수 있도록 탁자로 가서 제 위치에 앉으시기 바랍니다. 베슈 형사, 당신이 뱅커를 맡으십시오. 당신은 이분들에게 그날 소지한 금액을 똑같이 가져오라고 요청했습니까?」

베슈는 그렇다고 대답하고는 탁자 중앙에 앉았다. 알프레드 오바르와 라울 뒤팽은 그의 왼편에, 루이 바티네와 막심 튈리에는 그의 오른편에 앉았다. 카드 여섯 벌이 놓였다. 베슈는 카드를 둘로 나누어 섞고 뱅커가 되었다.

이상한 일이 벌어졌다. 비극이 있던 날 밤처럼 곧바로 패는 뱅커에게 유리해졌다. 뱅커인 베슈는 은행가 폴 에르스텐 때와 마찬가지로 느긋하게 이기고 있었다. 베슈는 내추럴인 반면 양쪽 탁자에는 나쁜 패들이 번갈아 나왔다. 첫 번째 판처럼 급격한 변화나 판 뒤집기도 없이 갑자기 굴러 들어온 행운이 지속되었다.

마치 기계적으로 이어지는 듯한 게임의 흐름 때문에 도박에 참여했던 네 명은 이미 충격받았던 과거 사실이 반복되는 것 같아 더욱 어리둥절해졌다. 막심 튈리에는 어찌할 바를 몰라 연거푸 실수를 저질렀다. 바르네트는 안절부절 못하다가 독단으로 베슈 오른편에 있던 막심의 자리를 차지했다.

상황이 아무 제동도 없이 빠른 속도로 흘러갔기 때문에 10분이 지나자 네 친구들이 지갑에서 꺼낸 지폐의 절반 이상이 베슈 앞의 녹색 융단 위에 쌓였다. 바르네트가 대역을 맡은 막심 튈리에는 빚을 지기 시작했다.

판의 속도가 빨라졌다. 게임은 정점에 달했다. 갑자기 베슈는 폴 에르스텐이 했듯이 딴 돈을 손실금에 비례해 4등분으로 나누었고 마지막으로 〈더블 오어 큇〉 세 판을 제의했다.

플레이어들은 비극이 있던 밤의 기억에 사로잡혀 그의 행동을 눈으로 좇았다.

베슈는 양쪽에 세 번씩 카드를 돌렸다.

그러나 그는 이 게임 세 판에서 폴 에르스텐처럼 돈을 잃는 대신 땄다.

관중들 속에서 탄성이 일었다. 뒤집기의 기적이 끝까지 유지되려면 계속 돌고 돌아야 했을 행운이 왜 아직도 뱅커에게 유리하게 작용했을까? 이미 알려진 사실을 버리고 다른 사실을 취할 경우, 이 새로운 사실이 옳다고 생각해야 할까?

「송구스럽군요」

여전히 뱅커의 역할을 맡고 있는 베슈가 말했다. 그는 돈다발 네 뭉치를 주머니에 넣고 일어났다.

베슈는 폴 에르스텐과 똑같이 두통을 호소했고 발코니로 함께 가 달라고 청했다. 그리고 담배를 한 대 피워 물면서 발코니로 향했다. 사람들은 둥근 방의 문을 통해 멀리서 베슈를 보았다. 다른 사람들은 경직된 얼굴로 꼼짝 않고 있었다. 탁자 위에는 카드들이 흩어져 있었다.

그리고 자기 차례가 된 바르네트가 일어났다. 그는 자신이 막 밀어내고 대신 자리에 앉았던 막심 튈리에와 어쩌면 그렇게 똑같은 얼굴과 모습일까? 막심 튈리에는 옷을 꼭 맞게 입고 말끔히 면도를 했으며 코안경을 걸치고 나약한 내면을 반영하듯 불안한 태도를 보이는 30세가량의 청년이었다. 바르네트가 바로 그랬다. 그는 꼭두각시 같은 걸음으로 천천히 둥근 방을 향해 갔다. 그의 표정은 무정하고 냉혹해 보였으나 한편으로는 우유부단하고 얼이 빠져 보이기도 했다. 바로 끔찍한 일을 저지를 것 같지만 그러기도 전에 겁쟁이처럼 도망갈 것 같은 사람의 표정이었다.

도박을 하고 있던 네 명은 막심 튈리에를 정면에서 보지 못했다. 그러나 사법관들은 그를 보았다. 그리고 대역인 바르네트의 존재를 잊은 채, 빈털터리가 되어 폴 에르스텐을 뒤따르고 있는 막심 튈리에만을 생각하고 있었다. 무슨 의도로? 어떤 의도가 있는 것일까? 자제하려 애쓰는 그의 얼굴은 마음속의 혼란을 드러내고 있었다. 애걸하기 위해 가는 걸까? 명령하기 위해서? 아니면 협박하려고? 둥근 방으로 들어가는 바르네트는 침착했다. 그는 문을 닫았다.

참혹한 사건의 재연, 과연 이 드라마는 상상일까, 재연한 것일까? 그것은 너무도 생생했기 때문에 모두가 침묵 속에서 기다렸다. 다른 참가자 셋도 닫힌 문에 시선을 고정하고 기다렸다. 그 문 뒤에서 비극적인 밤에 벌어졌던 일이 진행되고 있었다. 살인자와 희생자의 역할을 맡은 바르네트와 베슈가 아닌 막심 튈리에와 폴 에르스텐이 싸우고 있었던 것이다.

한없이 긴 몇 분이 지나고 살인자가 나왔다. 살인자 말고 달리 부를 만한 이름이 있을까? 비틀거리며 환각에 빠진 듯한 눈빛으로 살인자는 친구들에게 돌아왔다. 살인자는 돈 뭉치 네 개를 쥐고 있었다. 살인자는 탁자 위에 돈 뭉치를 던졌고 돈 뭉치를 하나씩 세 친구들 호주머니 속에 쑤셔 넣으면서 말했다.

「방금 폴 에르스텐과 얘기하고 왔습니다. 그 친구가 여러분에게 돌려드리라고 이 돈을 제게 주더군요. 자기는 필요 없답니다. 우리, 이만 가죠」

바르네트의 코앞에서 안색이 새파랗게 질려 일그러진 진짜 막심 튈리에는 의자 등받이에 몸을 기대고 있었다. 바르네트가 그에게 말했다.

「똑같지 않습니까, 막심 튈리에 씨? 요점만 재연한 장면이었죠? 전날 밤 당신이 맡았던 역할을 제가 잘 연기한 것 같습니까? 제가 당신의 범죄를 잘 상기시켰습니다. 안 그렇습니까?」

막심 튈리에는 바르네트의 말이 들리지 않는 듯했다. 고개를 숙이고 두 팔을 늘어뜨린 막심 튈리에는 바람이 살짝만 불어도 금방 쓰러질 마네킹 같아 보였다. 그는 술이 취한 사람처럼 비틀거리다가 무릎이 꺾여 의자에 털썩 주저앉고 말았다.

바르네트가 달려들어 멱살을 잡았다.

「실토하시지 않겠습니까? 달리 방법이 없을 겁니다. 증거는 모두 있어요. 이렇게, 브래스 너클을…… 당신이 항상 몸에 지니고 다녔음을 입증할 수 있습니다. 뿐만 아니라 당신은 도박에서 진 빚으로 크게 상심했습니다. 그래, 제가 한 조사에 따르면 당신의 사업은 잘되지 않았습니다. 월말에 결제할 돈이 한 푼도 안 남았던 거죠. 파산이었습니다. 그래서…… 그래서 당신은 그를 죽인 흉기를 들고 어찌할 바를 모르다가 발코니를 뛰어넘어 흙 속에 파묻었던 겁니다」

바르네트가 애쓸 필요도 없었다. 막심 튈리에는 조금도 저항하지 않았다. 막심 튈리에는 몇 주 전부터 무겁게 자신을 누르고 있던 죄의 무게로 시달려 왔다. 그는 헛소리를 하며 죽어 가는 사람처럼 끔찍한 고백의 말들을 입속에서 우물거렸다.

홀 안은 온통 소란스러웠다. 막심 튈리에에게 귀를 기울이고 있던 예심판사는 그의 무의식 중에 내뱉은 자백을 기록했다. 폴 에르스텐의 부친은 살인범에게 달려들려 했다. 푸주레는 화가 나 소리를 질렀다. 그러나 가장 격분한 사람들은 아마도 막심 튈리에의 친구들이었을 것이다. 그들 중 한 사람, 가장 연장자이자 저명인사인 알프레드 오바르는 그에게 욕설을 퍼부었다.

「이 파렴치한 놈! 그 가엾은 친구를 죽이고 돈까지 훔쳤으면서 우리에게는 그 돈을 돌려줬다고 믿게 했단 말이냐!」

알프레드 오바르는 막심 튈리에의 면전에 돈다발을 던졌다. 분개한 다른 두 사람도 혐오스러운 돈을 발로 짓밟았다.

차츰 평온이 회복되었다. 사람들이 거의 기절할 듯 떨고 있는 막심 튈리에를 다른 홀로 데려갔다. 한 형사가 돈다발을 주워 모아 사법관들에게 제출했다. 그들은 푸주레 부부와 막심 튈리에의 부친에게 집에 돌아가도록 요구했다. 그리고 바르네트의 통찰력을 칭찬했다.

바르네트가 말했다.

「막심 튈리에의 몰락은 바로 흔히 볼 수 있는 참혹한 사건의 예입니다. 이 사건은 사회면 기사에 지나지 않을 뿐이죠. 독창적이고 완전한 미스터리처럼 보이게 된 것은 또 다른 이야기입니다. 제가 관여할 문제는 아니니까 실례하겠습니다」

바르네트는 낮은 목소리로 대화를 나누던 세 실업가 쪽으로 몸을 돌려 그들에게 다가가 오바르의 어깨를 살짝 두드렸다.

「선생, 한 말씀 드려도 되겠습니까? 제 생각에는 선생이라면 아직도 모호한 이 사건을 명확하게 밝혀 주실 수 있겠는데요」

「무엇에 대해서요?」

알프레드 오바르가 대답했다.

「선생과 친구들이 연기하신 역할에 대해서 말입니다」

「우리는 아무 역할도 맡은 바 없소」
「물론 적극적인 역할은 아니죠. 그렇지만 거기에 모호한 모순이 있다는 사실을 여러분께 환기시키는 걸로 족합니다. 선생은 다음날 아침에 바카라 게임이 세 번이나 여러분에게 유리하게 끝나서 여러분의 패배는 무효가 되고 평화롭게 떠날 수 있었다고 말했습니다. 그런데 이 말은 사실과 다릅니다」
오바르는 머리를 흔들더니 이렇게 대꾸했다.
「거기엔 오해가 있소이다. 진실은 마지막 세 판이 우리의 패배를 더 크게 했다는 거요. 폴 에르스텐이 자리에서 일어났고 술이 완전히 깬 듯한 막심이 담배를 피우러 그를 따라 둥근 방으로 간 동안 우리 셋은 남아서 이야기를 하고 있었소. 칠팔 분 정도 지나 그가 돌아와서 폴 에르스텐은 이 게임을 심각하게 생각한 적이 없었다고 말하더군요. 그건 샴페인 기운에 취해서 벌인 연습 게임이었다고요. 그래서 우리에게 돈을 돌려주고 싶은데 그 조건은 밝히기 싫다고 말했다고 했소. 시합의 마지막은 우리가 동의할 경우 손실액을 정확히 보상해 주는 거였소」
바르네트가 소리쳤다.
「그래 여러분은 그런 제의를 받아들였습니다! 아무런 근거도 없는 선물을! 그 돈을 받으면서 여러분은 폴 에르스텐에게 감사도 하지 않았습니다! 여러분은 잃는 것만큼 따는 데 익숙한 숙련된 노름꾼이었던 폴 에르스텐이 자기 행운을 발로 찬 것을 당연하다고 생각했던 것입니다! 얼마나 말도 안 되는 이야기입니까!」
「시간은 새벽 4시였고 우리는 너무 흥분해 있었소. 막심 튈리에는 우리에게 생각할 시간을 주지 않았소. 더구나 우리는 그 친구가 살인하고 도둑질까지 한 줄 몰랐으니 왜 그의 말을 안 믿었겠소?」

「하지만 다음날 당신은 폴 에르스텐이 살해되었다는 사실을 알았습니다」

「그렇소, 우리가 떠난 다음에 살해된 것으로 알았다오. 그렇다고 해서 폴 에르스텐이 한 약속이 바뀌는 건 아니잖소」

「한순간도 막심 튈리에를 의심한 적이 없었습니까?」

「내가 무슨 권리로? 그는 한 가족이나 다름없소. 막심의 부친이 내 친구였고 나는 그를 어릴 적부터 알았소. 우린 아무것도 의심하지 않았소」

「그 말씀, 믿어도 되겠습니까?」

바르네트는 따지는 듯한 말투로 내뱉었다. 알프레드 오바르는 한순간 망설이다 오만하게 응수했다.

「선생, 당신 질문이 꼭 심문하는 것처럼 들리는군. 우리가 무슨 이유로 이곳에서 당신 이야기를 들어야 하는 거요?」

「예심 단계에서 증인의 신분으로 계십니다. 하지만 제 생각으로는……」

「당신 생각으로는?」

「설명해 드리죠」

바르네트는 침착한 어조로 말했다.

「이 사건은 현실적으로 선생이 말씀하신 신뢰의 심리적 요인에 따릅니다. 실질적으로 이 범죄는 외부 아니면 내부에서 벌어진 것입니다. 훈장 소유자이자 명망 있는 실업가 네 분의 명예와 정직성을 아무도 의심하지 않았기 때문에 수사 방향을 곧장 외부로 돌렸습니다. 만일 여러분 중 한 사람, 가령 막심 튈리에 혼자 폴 에르스텐과 에카르테 게임을 벌였다면 당연히 그를 의심했을 겁니다. 그러나 여러분은 네 명이었고 막심은 세 친구들의 침묵 덕분에 일시적으로나마 살아났습니다. 선생의 권위 때문에 세 사람이 공범일 수 있었다고는 전혀 상상하지 못했습니다. 그러나 실제로 그랬고 전 그 즉시 감을 잡았습니다」

알프레드 오바르는 펄쩍 뛰었다.

「미쳤소, 선생! 살인 사건의 공범이라니?」

「물론 그건 아니죠. 여러분은 막심 튈리에가 폴 에르스텐을 따라갔을 때 둥근 방에서 무슨 일을 할지 몰랐겠죠. 하지만 그가 정신적으로 정상이 아닌 상태로 갔던 것은 알고 있었습니다. 그가 돌아왔을 때 여러분은 그곳에서 무슨 일이 벌어졌는지 알고 있었습니다」

「우리는 아무것도 몰랐소!」

「아뇨, 뭔가 심각한 일인 건 알았습니다. 살인은 아니더라도 단순한 대화 이상이라는 걸 말이죠. 뭔가 심각한 일, 바로 막심 튈리에가 여러분에게 돈을 가져다 줄 만한 것 말입니다」

「말도 안 되오!」

「됩니다! 되요! 되고말고요! 여러분의 겁쟁이 친구가 살인을 했다면 얼굴에 당혹감과 정신 착란의 표정이 그대로 드러났을 게 분명합니다. 막심 튈리에가 범죄를 저지르고 돌아왔을 때 여러분이 그 표정을 놓친다는 건 말도 안 됩니다」

「결단코 우리는 아무것도 못 봤소!」

「보고 싶지 않았던 겁니다」

「무엇 때문에?」

「왜냐하면 막심 튈리에가 여러분이 잃었던 돈을 모두 돌려드렸으니까요. 네, 여러분은 세 분 모두 부자입니다. 하지만 이번 바카라 시합으로 재정의 균형이 흔들렸습니다. 여러분은 우연히 이 자리에 동석한 다른 참가자들처럼 주머니 돈을 털린 느낌이 들었습니다. 그래서 돈을 돌려받았을 때 여러분의 친구가 이 돈을 어떻게 얻었는지 알고 싶지도 않았습니다. 돈만 돌려받은 거죠. 여러분은 필사적으로 침묵을 고수했습니다. 그날 밤 마롬으로 가는 자동차 안에서도 말이죠. 이날 밤에 대해 상의하면서 비교적 건전한 대화를 나누는 것이 정상이었을 텐데 아무도 입을 열지 않았다는 사실을 운전사를 통해 알았습니다. 다음날, 그리고 범죄가 밝혀진 지 며칠이 지나도 여러분은 서로 만나기를 꺼렸습니다. 그만큼 서로의 생각을 알기가 무서웠던 겁니다」

「추측일 뿐이오!」

「정확한 사실입니다! 여러분 주변에서 상세한 조사를 해서 알아낸 겁니다. 친구를 고발하는 일은 곧 도박으로 돈을 날린 여러분의 잘못을 드러내는 것이었습니다. 여러분 자신과 가족들에게 세상의 이목을 집중시키고 명예와 성실로 살아온 긴 세월에 그림자를 던지는 것이었습니다. 소위 스캔들이었죠. 여러분은 입을 열지 않고 정의를 속이며 친구 막심을 정의로부터 보호해 주었던 겁니다」

이처럼 격렬한 비난을 담은 설명으로 사건의 전모가 드러나자 오바르는 한순간 주저했다. 그러나 바르네트는 갑자기 태도를 바꾸며 자신의 주장을 거뒀다. 그는 웃음을 터뜨리면서 말했다.

「안심하십시오, 선생. 선생의 친구 막심은 양심의 가책으로 괴로워하는 약한 자입니다. 조금 전에는 제가 뱅커에게 유리하도록 카드를 준비해 게임에서 속임수를 썼고 범죄를 재연해서 막심의 마음을 뒤흔들어 놓았기 때문에 그를 무너뜨릴 수 있었던 겁니다. 하지만 사실 당신에 대한 것만큼이나 막심에 대한 증거도 없었습니다. 또한 여러분은 자신을 쓰러지게 그냥 놔둘 위인들도 아닙니다. 공범인 여러분의 행위가 미약해서 사람들의 눈에 띄지 않는 공간에서 이루어진 만큼 더 그렇습니다. 걱정할 일은 전혀 없습니다. 다만……」

그는 상대방에게 가까이 다가가서 얼굴을 마주했다.

「다만, 전 선생에게 지나친 안도감을 느끼게 해 드리기 싫었습니다. 여러분 셋은 능란한 솜씨와 침묵으로 어둠 속에 몸을 가리고 자의적으로 참여한 행위를 망각하기에 이르렀습니다. 저는 그런 태도에 분개했습니다. 여러분은 잘못된 일에 어느 정도까지는 동조를 한 것입니다. 사실 막심 튈리에가 폴 에르스텐을 뒤쫓아 둥근 방으로 가는 것을 막을 수도 있었습니다. 그랬다면 당연히 폴 에르스텐은 죽지 않았을 겁니다. 또 여러분이 알았던 사실에 대해 말했다면 막심 튈리에는 일찍감치 죄 값을 받았겠죠. 선생, 그러한 점은 법정에서 잘 해결하십시오. 법정은 당신들에게 아주 관대할 거라고 생각됩니다. 안녕히 계십시오」

바르네트는 모자를 집어 들고 공범 세 명의 항의를 완전히 무시하며 예심판사에게 말했다.

「저는 푸주레 부인께 부군을 구해 드리기로 약속했고 폴 에르스텐의 부친께는 범인을 밝혀 내겠다고 약속했습니다. 이제 일은 잘 처리되었고 제 임무는 끝났습니다」

바르네트와 악수하는 사법관들은 열의가 빠져 있었다. 아마도 바르네트의 논고가 그들 마음에 흡족하지 않아서 그가 제시하는 방향으로 따라갈 생각도 하지 않았던 듯했다.

층계참에서 베슈 형사와 다시 마주친 바르네트는 그에게 말했다.

「저 세 사람은 무적입니다. 저 사람들은 감히 건드릴 수가 없을 겁니다. 나 참! 이 사회의 지주로서 명성과 돈밖에 없는 저런 부르주아들은 내 추론이 씨도 먹히지 않습니다……. 실제로 법정이 그들을 이길 수 있을 거라곤 생각하지 않아요. 아무렴 어떻습니까! 일단 사건은 해결했으니까요」

「그것도 정직하게 말이죠」

베슈가 덧붙였다.

「정직하게?」

「정말이지, 당신은 중간에 지폐를 몽땅 가로챌 수도 있었잖습니까? 전 잠시나마 당신을 의심했습니다」

「대체 날 어떻게 보는 겁니까, 베슈 형사?」

바르네트는 당당하게 대꾸했다.

바르네트는 베슈와 헤어져 그 건물을 나섰다. 이웃 건물로 들어가자 푸주레 부부가 열렬한 감사를 표했다. 위풍도 당당하게 그는 모든 보상금을 거절했고 폴 에르스텐의 부친을 찾아갔을 때도 욕심 없는 태도로 일관했다.

「바르네트 탐정 사무소는 무보수로 운영됩니다. 그것이 장점이자 높이 평가할 만한 점이죠. 우리는 명예를 위해 일합니다」

바르네트는 호텔 체제비를 지불하며 가방을 역으로 운반하라고 지시했다. 그리고 베슈가 파리까지 함께 갈 것이라 예상했으므로 부두를 지나 클럽 건물로 들어갔다. 바르네트는 2층에서 멈췄다. 형사가 내려오고 있었다.

베슈는 급히 내려오다가 바르네트를 보자 화난 어조로 소리쳤다.

「아! 잘 만났소!」

그리고 단번에 몇 계단을 뛰어내려 바르네트의 옷깃을 움켜쥐었다.

「당신, 그 돈 어떻게 한 거요?」

「무슨 돈?」

바르네트는 순진하게 대꾸했다.

「당신이 둥근 방에서 막심 튈리에 역할을 맡았을 때 양손에 들고 있던 그 돈 말입니다」

「무슨 소리! 그 돈다발 네 개는 돌려줬는데! 아까 나더러 칭찬까지 했잖소, 친구」

「그때는 잘못 알았던 거요!」

베슈가 외쳤다.

「뭘 알았는데?」

「당신이 돌려준 돈은 가짜란 말이오. 당신은 사기꾼이야! 아! 그걸로 수사가 종료될 줄 알았겠지! 지금 당장 진짜 돈을 돌려줘! 다른 돈들은 위조지폐란 말이야! 이 사기꾼, 당신은 그걸 뻔히 알고 있었겠지!」

화가 폭발한 듯 베슈가 부르짖었다.

베슈는 목이 메었다. 그는 격분해 바르네트를 잡고 흔들었고 바르네트는 웃음을 터뜨리며 빠르게 말했다.

「아! 날강도들 말이군요. 그치들이라면 놀랄 일도 아니죠. 그러니까, 막심의 면전에 그들이 던졌던 돈들이 가짜였다고? 오호, 그런 악당들이 다 있나! 그들더러 돈을 다시 가져오라고 했더니 가짜 돈을 가져온 거란 말이지!」

자제력을 잃은 베슈가 말했다.

「그 돈이 희생자의 상속인 소유라는 걸 당신은 몰라! 폴 에르스텐이 이겼으니까, 다른 사람들은 그 돈을 돌려줘야 한다고!」

바르네트의 유쾌함은 끝을 몰랐다.

「아, 그거! 그게 스캔들이로군! 바로 그 사람들이 훔친 거잖아! 두 번이나 말이지! 도둑들에게 얼마나 적합한 벌이겠어!」

베슈가 으르렁거렸다.

「당신은 거짓말을 하고 있는 거야! 이 거짓말쟁이! 그것을 바꿔치기 한 게 바로 당신이지……. 당신이 호주머니에 슬쩍 한 거야……. 이, 파렴치한 사기꾼아!」

사법관들이 클럽에서 나왔을 때 그들은 믿을 수 없을 만큼 극도로 흥분한 베슈 형사를 발견했다. 형사는 목소리가 나오지 않아 우스꽝스럽게도 요란한 몸짓만 하고 있었고 그의 앞에는 바르네트가 벽에 기대선 채 눈물을 글썽이며 옆구리를 움켜잡고 웃음을 참지 못하고 있었다. 웃고…… 또 웃고 얼마나 웃던지!

금니를 한 사나이

 바르네트는 거리를 향해 난 사무소의 유리창 커튼을 젖혔다. 그리고 곧 낭랑한 웃음을 터뜨리기 시작했고 너무 웃다가 다리에 힘이 빠져 주저앉아야 했다.
 「아! 정말 우습군! 저런 걸 어떻게 예상을 했겠어. 베슈 형사가 날 만나러 오네! 저런! 정말 우습군!」
 「뭐가 우습소?」
 베슈 형사가 들어오자마자 물었다.
 베슈는 숨을 헐떡일 정도로 이상한 소리를 내며 웃는 바르네트를 보더니 불쌍하다는 듯 되풀이해서 말했다.
 「뭐가 그리 우습단 말이요?」
 「물론, 당신의 방문이오! 안 그래? 루앙 클럽 사건 이후에 자네가 이곳에 감히 올 용기를 내다니. 참, 대단한 형사야!」
 베슈 형사가 어찌나 몸 둘 바를 몰라했던지 바르네트는 웃음을 좀 자제하기로 마음먹었다. 그러나 참을 수 없이 터져 나오는 웃음이 발작처럼 계속되어 목까지 메었다.

「아, 미안해, 베슈……. 너무 웃기잖아! 그러니까, 정의의 대변자인 자네가 나한테 먹잇감을 갖다 주다니! 백만장자라도 되나? 아니면 장관? 자넨 정말 친절해! 지난번에 자네가 내게 말을 놓았으니, 나도 반말을 하는 거야. 우리 둘 다 친구 아니겠어? 그럼 물에 빠진 고양이 같은 표정은 그만 짓고……. 사건에 대해 말해 보게. 무슨 이야기인가? 누가 도움을 호소하던가?」

베슈는 침착함을 되찾으려고 애쓰면서 설명했다.

「음, 파리 근교의 선량한 사제일세」

「그 선량한 사제가 누굴 죽이기라도 했나? 신자들 중 한 사람을?」

「아니, 그 반대야」

「뭐? 그를 죽인 사람이 신자들 중 하나라고? 그럼 사제를 어떻게 구해?」

「아니, 그게 아니라……. 내 말은……」

「나 참! 오늘따라 자네 입이 쉽게 안 터지는군, 베슈! 좋아, 얘기는 그만하고 근교에 있다는 선량한 사제한테 안내해 줘. 자네를 따라가는 거라면 언제든 떠날 준비가 되어 있다네」

바뇌이라는 작은 마을은 로마네스크 양식의 낡은 성당을 중심으로 푸른 테두리를 이루고 있는 세 언덕의 오목한 곳과 산비탈에 분산되어 있었다. 이 성당의 후진(後陣, 성당 건축에서 제대가 있는 반원형의 구조──옮긴이)에서부터 시골의 아름다운 묘지가 시작되었다. 묘지 오른쪽으로는 커다란 농장의 울타리가 세워져 있었고 농장 안에는 저택이 서 있었다. 묘지 왼쪽으로는 사제관의 담이 둘러져 있었다.

베슈가 바르네트를 데리고 간 곳은 바로 사제관의 식당이었다. 그는 드솔 신부에게 불가능을 모르는 탐정이라며 바르네트를 소개했다. 드솔 신부는 선량해 보였고 실제로도 그런 사제였다. 그는 중년의 나이에 얼굴이 번지르르하고 불그스레하며 적당히 살이 찐 체구였다. 늘 무사태평한 얼굴에 무엇인가 걱정하는 기색이 있었다. 바르네트는 그의 부어오른 손과 손목의 접힌 살, 통통한 배를 보았다. 신부는 닳아서 번질거리는 사제복의 배 위로 캐시미어 숄을 팽팽하게 늘이고 있었다.

바르네트가 말했다.

「신부님, 신부님께서 걱정하시는 사건에 대해 전 아는 바가 없습니다. 제 친구인 베슈 형사 말이 예전에 알게 된 신부님이라고만 했거든요. 신부님께서 사건을 직접 설명해 주시겠습니까? 군더더기는 빼셔도 됩니다」

드솔 신부는 할 말을 준비해 둔 듯했다. 그는 망설이지도 않고 이중 턱 속에서 우러나오는 듯한 낮으면서도 또랑또랑한 목소리로 이야기를 시작했다.

「바르네트 씨, 저희 소교구의 비천한 외근 사제들은 사제직과 더불어, 18세기 바뇌이 성의 영주들이 저희 성당에 물려준 종교적 보물을 지키는 파수꾼 역할도 하고 있습니다. 순금 성체 현시대(聖體顯示臺, 가톨릭 교회에서 성체 강복을 위해 사제가 드는 성물—옮긴이) 두 개, 십자가상 두 개, 촛대들과 감실, 또⋯⋯ 아! 이제는 과거에 있었던 것이라고 해야 할까요? 귀중한 성물이 모두 아홉 개나 되다 보니 80킬로미터나 떨어진 곳에서도 경배하러 오곤 했습니다. 저로서는……」

드솔 신부는 땀방울이 송송 맺히는 이마를 닦은 다음 말을 이었다.

「저로서는 이 파수꾼 일이 항상 위험해 보였습니다. 그래서 두려운 만큼 사명감을 갖고 열심히 그 일을 수행하곤 했습니다. 여기서는 이 창문을 통해 성당 뒤편과 성물들이 보관되어 있는 벽이 튼튼한 제의실이 보입니다. 이 제의실 안에는 하나뿐인 육중한 참나무 문이 성가대 부근으로 나 있고요. 저만 그 문의 커다란 열쇠를 갖고 있죠. 보물이 담긴 금고 열쇠도 저 혼자 갖고 있고요. 방문객들도 저 혼자 맞이합니다. 제 방 창문이 제의실에 빛이 드는 쇠창살이 달린 천창(天窓)에서 15미터도 안 떨어져 있거든요. 그래서 밤마다 도둑이 들 기미가 있으면 종소리로 일어날 수 있도록 남몰래 끈을 설치해 놓습니다. 그뿐 아니라 신중을 기하기 위해서 가장 귀중하고 보석이 잔뜩 박힌 성물(聖物)함을 매일 밤 제 방으로 들고 올라갑니다. 그런데 그날 밤……」

드솔 신부는 손수건으로 이마를 두 번째 닦았다. 비극적인 모험담이 펼쳐질수록 땀방울이 늘고 굵어졌다. 신부는 말을 이었다.

「그런데 그날 밤 1시경, 저는 잠이 덜 깬 채 침대에서 나와 어둠 속을 비틀거렸답니다. 종소리 때문이 아니었어요. 마루 위로 무언가가 떨어진 것 같았습니다. 저는 성물함을 생각했습니다. 〈성물함을 도둑맞은 것은 아닐까?〉저는 누구냐고 소리쳤죠.

아무 대답이 없었지만 누군가 제 앞에 있거나 부근에 있었다는 느낌이 들었고 창문을 뛰어넘었다는 확신이 생겼습니다. 바깥의 찬 기운이 느껴졌거든요. 손을 더듬거려 간신히 손전등을 찾아서는 위를 비춰 보았습니다. 그러자 순간 챙이 진 회색 모자와 밤색 옷깃을 세운 틈으로 찡그린 얼굴이 보였습니다. 찌푸린 표정 속에서 분명히 입 안 왼쪽에 금니 두 개가 있는 걸 봤습니다. 그러자 남자는 주먹을 날려 제 팔에서 손전등을 떨어뜨렸죠. 전 그가 사라진 방향으로 달려갔습니다. 그런데 그자는 어디로 갔는지 찾을 수 없었고 제가 혹시 방향을 잘못 돈 것은 아닐까 생각이 들더군요. 아무튼 전 창문과 정반대 쪽인 벽난로 대리석에 몸을 부딪혔습니다. 성냥을 찾아냈을 때는 이미 방이 텅 비어 있었어요. 창고 밑에 두었던 사다리가 발코니 가장자리에 세워져 있었습니다. 성물함은 금고 속에 없었고요. 저는 서둘러 옷을 입고 제의실로 달려갔습니다. 보물들은 몽땅 사라져 버렸어요」

드솔 신부는 이마를 세 번째 닦았다. 그의 얼굴과 목에는 땀이 흥건했다. 땀방울들이 폭포처럼 쏟아지고 있었다.

바르네트가 말했다.

「물론 천창은 부서졌고 경보 끈은 잘려 있었겠죠? 범죄 현장과 신부님의 습관을 잘 아는 자가 범인이라는 증거가 아닐까요? 신부님은 무엇 때문에 추적을 시작하셨습니까?」

「전 도둑에게 소리 지른 게 잘못이라고 후회했답니다. 왜냐하면 상부에서는 물의를 일으키는 것을 싫어하셔서 그 문제를 둘러싼 소문이 들릴 때마다 저를 탓하셨기 때문입니다. 다행히도 이웃 사람만이 제 고함소리를 들었습니다. 20년 전부터 묘지 반대편 농토를 직접 경작하고 있는 그라비에르 남작도 저와 같은 의견이었어요. 경찰에 알리기 전에 도둑맞은 물건들을 되찾아야만 했습니다. 남작에게 차가 있어서 제가 파리로 베슈 형사를 찾아가 부탁한 겁니다」

베슈가 뽐내면서 말했다.

「그리고 내가 아침 8시에 이곳에 도착했지. 사건은 11시에 해결되었네」

「뭐? 그게 무슨 말인가? 범인을 잡았어?」

바르네트가 외쳤다.

베슈는 거창한 몸짓으로 천장 쪽으로 손가락을 가리켰다.

「범인은 저 위, 다락에서 그라비에르 남작의 감시를 받고 있네」

「와! 솜씨 좋은걸! 베슈, 어서 간단하게 얘기해 보게, 응?」

칭찬에 굶주렸던 베슈 형사는 뽐내느라 혀 짧은 소리를 낼 뻔했다.

「내가 간단한 조서를 꾸며 보았지. 첫째, 성당과 사제관 사이의 젖은 땅에 발자국이 무수하게 찍혀 있음. 둘째, 발자국을 조사한 결과 범죄자는 한 명이며 귀중품을 어느 정도의 거리까지 운반한 뒤 사제관의 사다리 때문에 돌아옴. 셋째, 두 번째 시도가 실패하자 전리품을 챙기러 돌아가 큰길로 도망침. 도둑의 흔적을 이폴리트 주막 부근에서 놓침……」

바르네트가 끼어들었다.

「자넨 당장에 주막 주인에게 물었겠지……」

베슈가 말을 이었다.

「주막 주인이 이렇게 답하더군.

〈회색 모자와 밤색 외투를 입은 금니가 둘인 남자요? 그 사람은 핀 외판원인 베르니송 씨입니다. 우린 그를 〈3월 4일 씨〉라고 부르죠. 매년 3월 4일에 이곳을 들르곤 해서 말입니다. 마침 어제 정오에 마차로 도착한 다음 마차를 차고에 넣고 점심을 먹은 뒤 고객들을 방문하러 갔습니다.〉

〈몇 시에 돌아왔습니까?〉

〈여느 때처럼 새벽 2시 정각에요.〉
〈지금은 떠나고 없습니까?〉
〈40분이 넘었죠. 샹티이 방향으로 갔어요.〉」
바르네트가 물었다.
「자넨 추적할 때 뭘 타고 갔나?」
「남작의 차에 얻어 탔지. 우린 베르니송 씨를 따라 잡았고 항의하는 그에게 말고삐를 돌리게 했다네」
「아! 자백을 않던가?」
바르네트가 물었다.
「절반은 했네. 그 사람이 〈마누라한텐 비밀로 해 주십시오······. 제발 마누라한테만은 알리지 마세요!〉라고 하더군」
「보물은?」
「마차 속 상자에는 아무것도 없었네」
「그렇지만 증거는 명백하잖아?」
「명백하지. 그의 신발이 묘지에 찍힌 자국과 일치해. 게다가 신부님은 그날 오후에 묘지에서 그 남자를 만났다고 확인까지 해 주셨네. 그러니 의심스러운 점이 전혀 없지」
「그렇다면 뭐가 잘못된 거야? 왜 날 불러왔어?」
「그건 신부님 말씀 때문에······. 우린 부차적인 사항 때문에 의견 일치를 보지 못했네」
베슈가 불만스런 표정으로 말했다.
「부차적이라······, 그건 당신의 말이죠」
이제 손수건에서 물을 짜내는 듯한 드솔 신부가 의견을 말했다.
「그게 뭡니까, 신부님?」
바르네트가 물었다.

드솔 신부가 말했다.

「그것은 말이죠, 제 말씀은……」

「신부님 말씀은?」

「금니에 관한 겁니다. 베르니숑 씨는 금니가 두 개입니다. 다만……」

「다만?」

「그게 오른쪽이란 거예요……. 제가 본 금니는 왼쪽에 있었단 말입니다」

바르네트는 도저히 심각한 표정을 유지할 수 없었다. 어처구니없이 웃음보가 터져 버렸다. 드솔 신부가 당황한 얼굴로 바라보자 바르네트가 외쳤다.

「오른쪽이요? 오, 그런 끔찍한 일이! 분명히 잘못 보신 건 아니겠죠?」

「하느님께 맹세코 오른쪽입니다」

「그렇지만…… 그 사람을 만나신 적이 있죠?」

「묘지에서요. 바로 그 사람이었습니다. 하지만 밤에 본 사람은 금니가 왼쪽이었는데……. 그 사람은 오른쪽에 있으니까 동일인일 리가 없어요」

더욱 심하게 웃던 바르네트가 지적했다.

「어쩌면 금니를 반대편에 끼웠나 보죠. 베슈, 그 사람을 데려오게」

10분 후 수염이 늘어진 우울한 얼굴에, 허리가 굽고 애처로워 보이는 베르니숑이 들어왔다. 떡 벌어진 어깨에 건장한 체구의 시골 귀족인 그라비에르 남작이 손에 권총을 들고 동행했다. 어리둥절한 표정을 짓고 있던 베르니숑은 당장 푸념하기 시작했다.

「무슨 말씀인지 도저히 모르겠습니다. 귀중품에, 자물쇠가 부서지다니요? 그게 무슨 말씀인가요?」
베슈가 명령했다.
「횡설수설하지 말고 자백하란 말이오!」
「마누라한테 알리지만 않는다면 원하는 대로 모두 자백하겠습니다. 안 돼요. 전 다음주에 아라스 근처에 있는 집에 돌아가 마누라를 만나야 해요. 그때는 꼭 집에 있어야 하고 마누라도 알면 안 됩니다」
두려운 감정으로 그의 입이 조금 열렸고 그 틈으로 금속으로 만든 이 두 개가 보였다. 바르네트는 다가가서 열린 입속에 두 손가락을 넣더니 심각한 어조로 결론지었다.
「움직이지 않는군. 분명 오른쪽 이가 맞아……. 그런데 신부님은 왼쪽 이를 보셨다지」

베슈 형사는 분개했다.

「무슨 말이야……. 우린 도둑을 붙잡은 걸세. 이자는 도둑질을 하려고 여러 해에 걸쳐 마을에 드나든 거지. 이자야! 신부님이 뭔가 잘못 보셨을 거라고」

드솔 신부는 엄숙하게 팔을 벌렸다.

「금니가 왼쪽에 있었다고 하느님께 맹세합니다」

「오른쪽입니다!」

「왼쪽이오!」

바르네트가 두 사람을 떼어 놓으며 말했다.

「자, 그만들 싸우세요. 신부님, 그래서 뭘 원하십니까?」

「정확한 설명을 원합니다」

「그게 없으면?」

「그게 없으면 법에 호소하겠습니다. 애초부터 제 의무였으니까요. 만약 이 사람이 범인이 아니라면 우린 붙잡아 둘 권리가 없어요. 그렇지만 침입자의 금니는 왼쪽에 있었단 말입니다」

「오른쪽이라고요!」

베슈가 말했다.

「왼쪽이라니까요!」

신부가 고집을 부렸다.

바르네트가 무척 즐거워하며 말했다.

「오른쪽도 왼쪽도 아닙니다! 신부님, 내일 아침 9시에 이곳으로 제가 범인을 데려오겠습니다. 그때 그가 아마 귀중품이 어디 있는지 털어놓을 겁니다. 신부님은 이 소파에서, 남작은 저 소파에서, 베르니송 씨는 포박 상태로 남작 옆에서 밤을 보내십시오. 베슈, 자넨 8시 45분에 날 깨워 주게. 아침은 구운 빵과 코코아, 계란 등으로 부탁하네」

 그날 하루가 끝날 무렵, 바르네트의 모습은 도처에서 볼 수 있었다. 묘지의 무덤을 하나씩 관찰하고 사제관을 방문하는 광경이 눈에 띄었다. 우체국에서 전화 통화를 하는 장면도 보였다. 이폴리트 주막에서 주인과 함께 식사하는 모습도 볼 수 있었다. 또 도로나 밭에 서 있는 모습도 보였다.

 그는 새벽 2시가 되어서야 돌아왔다. 금니의 사나이 곁에 붙어 앉은 남작과 형사는 서로 코고는 소리로 상대방을 제압하려는 듯 앞 다투어 코를 골아 댔다. 바르네트가 오는 소리를 듣고 베르니송이 우는 소리를 했다.

「제발 마누라한텐 알리지 마세요」

 바르네트는 마루에 눕더니 곧 잠들었다.

 8시 45분에 아침이 준비되었다며 베슈가 그를 깨웠다. 바르네트는 토스트 네 쪽과 코코아, 계란을 먹어 치우고 그를 둘러싼 사람들을 앉힌 다음 말했다.

「신부님, 전 약속 시간을 반드시 지킵니다. 베슈, 자네에겐 발자국이나 담배꽁초 등의 모든 전문적인 수사 방법보다는 약간의 직감과 경험만 있으면 알 수 있는 실용적인 자료가 훨씬 중요하다는 사실을 보여 주겠어. 자, 베르니송 씨부터 시작해 볼까?」

「마누라한테만 알리지 않는다면 무슨 모욕이든 받겠어요」

 불면증과 불안으로 수척해진 베르니송이 중얼거렸다.

 바르네트가 말했다.

「18년 전, 핀 공장의 외판원으로 출장을 다니고 있던 알렉상드르 베르니송은 이곳 바뇌이에서 인근의 재단사인 앙젤리크라는 아가씨를 만났습니다. 두 사람은 첫눈에 반했죠. 베르니송 씨는 몇 주 간 휴가를 얻어 앙젤리크 양에게 구애를 해서 그녀를 얻었습니다. 앙젤리크 양도 그를 사랑하고 아끼며 행복하게 살았죠. 그런데 2년 후에 앙젤리크 양이 죽었습니다. 베르니송 씨는 슬픔을 이기지 못하다가 오노린 양의 애교에 넘어가 결혼까지 하게 되었습니다. 그러나 잔소리 많고 질투가 심한 오노린은 끊임없이 그를 괴롭히다가 우연히 자세한 내막을 밝혀 냈죠. 그녀가 남편과 앙젤리크의 관계를 나무랄수록 베르니송 씨의 죽은 전처를 향한 그리움은 점점 깊어졌습니다. 그 때문에 알렉상드르 베르니송은 바뇌이에서 감동적이고 신비로운 순례를 지금도 하고 있는 거죠. 베르니송 씨, 맞습니까?」

베르니송이 대답했다.

「뭐든 원하시는 대로…… 제발 마누라한테만……」

바르네트가 계속해서 말했다.

「그래서 해마다 베르니송 씨는 오노린 부인 모르게 바뇌이에 들르는 식으로 출장을 계획해 마차로 왔습니다. 앙젤리크의 기일이 돌아오면 고인의 희망대로 묻힌 이곳 묘지의 무덤 앞에 무릎을 꿇었죠. 자신들이 만나 함께 거닐던 곳들을 산책하고 그때 귀가했던 시간이 되어서야 주막으로 돌아옵니다. 이 근처에서 여러분은 베르니송 씨의 습관을 알 수 있는 묘비명이 새겨진 작은 십자가를 보실 수 있습니다」

3월 4일 운명한 앙젤리크 여기에 잠들다
알렉상드르, 그녀를 사랑했고 눈물을 흘렸다!

「베르니송 씨가 왜 부인이 자신의 불상사를 알게 될까 봐 그토록 걱정했는지 이제 아시겠죠. 성깔 있는 베르니송 부인이 만약 남편이 사랑했던 고인 때문에 도둑으로 의심받고 있다는 사실을 알면 뭐라고 하겠습니까?」

베르니송은 묘비명이 시키기라도 한 듯 눈물을 흘렸다. 마누라의 보복을 상상하니 미리부터 눈물이 나오는 듯했다. 여기까지가 베르니송과 관련된 이야기의 전부였다. 나머지는 그와 전혀 상관이 없었다. 베슈와 그라비에르 남작, 드솔 신부는 열심히 귀를 기울였다.

「그러니까 문제들 중 하나는 풀렸습니다. 베르니송 씨가 바뇌이에 정기적으로 나타나는 이유 말입니다. 이 답은 논리적으로 보물의 수수께끼를 해결할 수 있도록 도와줍니다. 두 사실 사이에는 밀접한 관계가 있습니다. 이렇게 귀중한 보물이 상상력을 자극하고 탐욕을 불러일으킨다는 점은 여러분도 인정하시겠죠. 많은 관광객들과 이 고장 사람들의 머릿속에서 보물을 훔치고 싶다는 생각이 싹텄을 것입니다. 신부님의 철저한 예방 조치 때문에 쉽지는 않은 일이지만 말이죠. 하지만 수년 전부터 신부님의 도난 예방 조치에 있는 빈틈을 찾아내 범행 장소를 연구하고 계획을 꾸몄지만 용의 선상에 오르지 않을 사람도 있겠죠. 뭐, 별로 어렵지 않았을 것입니다. 문제의 핵심은 거기에 있거든요. 바로 의심받지 않는다는 점! 그리고 의심받지 않을 최고의 방법은 다른 사람에게 혐의가 쏠리게 하는…… 이를테면 일정한 날짜에 묘지에 잠입을 하고 은밀히 다니는 기이한 습관 때문에 수상해 보이는 이 남자에게 말이죠! 그는 서서히, 아주 참을성 있게 음모를 짰습니다. 회색 모자, 밤색 외투, 발자국, 금니, 이 모든 사항이 세심하게 강조되었습니다. 범인은 이 미지의 인물이 되겠죠. 진짜 도둑이 아니라 사제관을 잘 알고 있는 사람이며, 몇 해에 걸쳐 남몰래 계략을 추진해 온 자 말입니다」

바르네트는 한동안 입을 다물었다. 무언가 진실이 드러나고 있었다. 베르니송은 억울하다는 표정을 짓고 있었다. 바르네트가 그쪽으로 손을 내밀었다.

「당신 부인은 당신의 순례에 대해 의심하지 않을 겁니다. 베르니송 씨, 이틀 동안 무고한 당신에게 폐를 끼친 점을 용서하십시오. 그리고 간밤에 제가 당신 마차를 뒤져 상자 깊숙한 곳에 당신이 허술하게 보관하고 있던 앙젤리크 양의 편지와 당신의 일기를 읽은 점도 용서하십시오. 베르니송 씨, 당신은 자유입니다」

베르니송은 일어났다.

「잠깐만!」

이러한 결말에 화가 난 베슈가 반박했다.

「말해 보게, 베슈」

형사가 소리쳤다.

「그렇다면 금니는? 이 문제를 피해선 안 되네. 신부님이 두 눈으로 도둑놈 입속에서 금니 두 개를 보셨다니까. 베르니송 씨는 이쪽, 오른쪽에 금니가 있고! 그건 기정사실이라네」

「제가 본 것은 왼쪽이었다고요」

신부가 정정했다.

「신부님, 오른쪽일 수도 있죠」

「확실히! 왼쪽입니다」

바르네트는 또다시 웃기 시작했다.

「이보세요, 조용히 좀 하세요! 사소한 문제로 계속 싸우실 겁니까? 베슈, 형사인 자네가 어떻게 이런 하찮은 문제를 두고 흥분할 지경이 되었나! 그건 기본 지식일세! 중학생 수준의 수수께끼야! 신부님, 이 방이 신부님 방과 크기가 똑같지 않습니까?」
「똑같습니다. 제 방은 바로 위층이에요」
「신부님, 덧문을 닫고 커튼을 쳐 주십시오. 베르니송 씨, 당신 모자와 외투를 좀 빌려 주십시오」
바르네트는 챙 있는 회색 모자를 쓴 다음 밤색 외투를 입고 깃을 세웠다. 그리고 방 안이 컴컴해졌을 때 손전등을 주머니에서 꺼내 자기 입속을 비추면서 신부 앞에 우뚝 섰다.
「바로 그 사람! 금니의 사나이요!」
드솔 신부가 바르네트를 보면서 빠르게 말했다.
「제 금니가 어느 쪽에 있죠, 신부님?」
「오른쪽이요, 제가 본 것은 왼쪽이었습니다」
바르네트는 손전등을 끄고 신부의 어깨를 잡고는 마치 팽이처럼 몇 바퀴를 돌렸다. 그러고는 손전등을 다시 켜며 명령하듯 말했다.
「정면을……, 정면을 보세요. 금니가 보이죠? 어느 쪽입니까?」
「왼쪽이오」
아연해진 신부가 말했다.
바르네트는 커튼을 걷고 덧문을 열었다.
「오른쪽인지…… 왼쪽인지…… 확실하지 않으시군요. 신부님, 지난밤에 일어났던 일이 그렇습니다. 신부님께서는 잠결에 벌떡 일어나셔서 창문을 등지고 벽난로 앞에 서 계셨습니다. 도둑은 신부님 앞이 아니라 옆에 있었고요. 손전등을 켜서 자신에게 직접 비춘 게 아니라 거울에 비친 자신에게 비췄죠. 신부님께서는 그런 생각은 미처 못하셨고요. 제가 신부님을 몇 바퀴 돌려서 어지럽게 만든 것과 똑같은 현상입니다. 이제 아셨습니까? 사물을 비추는 거울이 왼쪽의 사물은 오른쪽에, 오른쪽의 사물은 왼쪽에 보이게 한다는 사실을 일깨워 드려야 하나요? 그래서 신부님은 오른쪽에 있는 금니를 왼쪽에서 보신 겁니다」

베슈 형사가 승리감에 찬 표정으로 외쳤다.

「맞아. 결국 내가 옳긴 했지만, 신부님께서 금니를 봤다고 주장하신 게 잘못은 아니지. 그러니 베르니송 씨를 풀어 주려면 대신 금니를 한 사람을 우리에게 소개시켜 줘야 하네」

「그럴 필요 없어」

「도둑은 금니를 했잖아!」

「나도 금니를 했나?」

바르네트가 말했다.

그는 금니 형태를 하고 있던 금박 종이를 입에서 꺼냈다.

「여기 증거가 있습니다. 아주 설득력이 있지 않습니까? 발자국에다, 회색 모자, 밤색 외투, 금니 두 개까지 영락없는 베르니송 씨가 만들어집니다. 얼마나 쉬운 일입니까! 금박 종이를 손에 넣으면 충분하죠……. 이것처럼 말입니다. 석 달 전에 그라비에르 남작께서 바뇌이의 가게에서 사신 금박 종이와 똑같은 걸로 가져와 봤습니다」

무심코 던진 말이 뜻밖의 사실을 밝혀 모두 침묵하게 했다. 바르네트의 논증으로 서서히 목표물을 파악한 베슈는 그렇게까지 놀라지 않았다. 그러나 드솔 신부는 아연실색했다. 자기 교구의 신자인 그라비에르 남작을 슬쩍 쳐다보았다. 남작은 얼굴이 벌게진 채 한마디도 입 밖에 내지 않았다.

바르네트는 모자와 외투를 베르니송에게 돌려주었고 베르니송은 이렇게 되뇌며 자리를 떠났다.

「진짜로 제 마누라가 아무것도 모르는 거 맞죠? 이 사실을 알게 되면 끔찍해요……. 생각해 보시라고요……!」

바르네트는 베르니송을 내보낸 다음 유쾌한 표정으로 돌아왔다. 그는 두 손을 비비며 말했다.

「속전속결, 멋진 한 판이었죠! 자부심이 생기는군요. 베슈, 자네는 이 사건의 진행을 어떻게 보나? 전에 우리가 함께 수사했을 때 쓰던 방식과 똑같지. 혐의가 있는 사람은 고발부터 하는 게 아냐. 아무런 해명도 요구하지 말게. 심지어 관심도 두지 말아야지. 그러다 용의자가 경계심을 늦추는 동안 서서히 면전에서 사건을 재구성하는 거라네. 용의자는 자신이 맡았던 역할을 다시 보게 되지. 점점 겁에 질린 그는 어둠 속에서 결코 찾지 못할 거라고 생각했던 진실이 모두 폭로되는 현장에 동참하지. 포위되어 꼼짝도 못하고 무력해지고 당황한 나머지…… 범행에 필요한 증거가 모두 수집되었다는 걸 알기에…… 그의 신경은 그러한 시련에 무뎌지지. 자신을 변호하거나 항의할 생각조차 하지 못하는 거야. 안 그렇습니까, 남작? 동의하시죠? 증거를 다 늘어놓을 필요는 없겠죠? 이 정도로 충분하죠?」

그라비에르 남작은 바르네트가 묘사한 감정을 느끼고 있음에 틀림없었다. 그는 반론을 내세우거나 자신의 괴로움을 숨기려고도 하지 않았다. 현행범으로 체포된 것과 마찬가지로 그는 당황하고 있었다.

바르네트는 그에게 다가가 친절하게 안심시켰다.

「남작, 걱정하실 일은 전혀 없습니다. 드솔 신부님께서는 어떤 일이 있어도 소문을 피하고 싶어하시니까 귀중품들을 돌려 달라고만 하십니다. 고스란히 말입니다」

 순간 그라비에르는 고개를 들어 자신의 무서운 적을 쳐다보았고 승리자의 완강한 시선 아래 우물거렸다.

「신고…… 안 하실 겁니까? 아무 얘기도요……? 신부님께서 약속하십니까?」

 드솔 신부가 말했다.

「비밀을 약속합니다. 보물이 제자리를 찾는 대로 모든 일을 잊을 겁니다. 그런데 남작, 어떻게 그런 일을? 바로 당신이! 그런 죄를 저지른 게 당신이라니……! 당신을 그토록 믿었는데! 그렇게 독실한 신자들 중 한 사람이!」

 그라비에르는 잘못을 털어놓으며 죄책감을 털어 내는 어린아이처럼 겸손하게 속삭였다.

「신부님, 참을 수가 없었습니다. 그 보물이 제 손이 닿는 거리에 있다는 생각이 시도 때도 없이……. 저항도 해 보았고…… 그러고 싶지 않았는데…… 그러다 머릿속에서 일을 꾸몄습니다」

「어떻게 그럴 수가! 어떻게!」

 신부는 비통하게 말을 반복했다.

「네…… 투기로 돈을 날렸죠. 살아갈 길이 막막했습니다. 신부님, 두 달 전부터 전 고가구들과 아름다운 시계, 태피스트리를 차고 한쪽에 모아 두었답니다. 팔 생각이었죠. 그러면 목숨은 연명할 테니까요. 그런데 마음이 아프더군요. 3월 4일이 가까워지자…… 유혹이…… 제게 묘안이 떠오르면서…… 그 생각에…… 넘어가고 말았습니다. 용서해 주세요」

「용서하죠. 하느님께 너무 엄한 벌을 주시지 말라고 기도드리겠습니다」

드솔 신부가 말했다.

남작은 일어나 각오한 듯 말했다.

「여러분, 함께 가시죠. 절 따라 오십시오」

그들은 산책하는 사람들처럼 큰길로 나섰다. 드솔 신부는 연신 얼굴의 땀을 닦았다. 남작은 등을 구부린 채 무거운 발걸음으로 걸었다. 베슈는 걱정이 되었다. 이처럼 민첩하게 사건을 해결한 바르네트가 귀중품을 빼앗아 버릴 것이 확실하기 때문이었다.

마음이 편해진 바르네트는 그의 곁에서 장광설을 늘어놓았다.

「도대체 베슈, 어떻게 자넨 진짜 범인을 몰랐을 수 있나? 난 처음부터 베르니송 씨는 1년에 한 번 오는 출장을 핑계로 그런 음모를 꾸몄을 수가 없다고 생각했네. 범인은 이 고장 사람, 그것도 되도록이면 이웃이어야 한다고 생각했어. 집이 성당과 사제관 코앞에 있는 남작이야말로 안성맞춤 아닌가! 사제의 모든 예방 조치를 잘 알고 있었지. 베르니송 씨가 정해진 날짜에 하는 모든 순례 여행도 지켜본 터이지. 그러니……」

베슈는 생각할수록 더 심각해지는 불안에 골몰한 채 이야기를 듣고 있지 않았다. 바르네트는 그를 놀렸다.

「그러니 이 사건에 확신을 얻어 내가 비난의 활을 쏘았지. 아무 증거도 없는데다 증거가 있을 만한 흔적조차 없었거든. 하지만 정황이 그려짐에 따라 남작이 어떻게 대처해야 할지 모른 채 떨고 있는 모습을 보았지. 아! 베슈, 왜 난 그런 류의 쾌감을 모를까. 자네도 이제 결론을 알겠지?」

「그래, 나도 알아……. 아니, 뭐…… 이제 곧 알게 되겠지」

사건의 반전을 기다리던 베슈가 말했다.

그라비에르는 소유지의 도랑을 우회한 다음 풀이 무성한 작은 길을 따라갔다. 참나무 숲을 지나 300미터쯤 이르렀을 때 그가 멈췄다.

그라비에르는 숨이 찬 목소리로 말했다.

「저기…… 밭 한가운데…… 건초 더미 속에 있습니다」

베슈는 차가운 웃음을 지었다. 그러고는 급히 입을 다물고 다른 사람들을 따라 뛰어들었다.

건초 더미는 규모가 작았다. 베슈는 순식간에 건초 더미를 무너뜨리고 파헤치며 쌓여 있는 건초 다발을 흩뜨렸다. 갑자기 승리의 함성이 들렸다.

「여기 있다! 성체 현시대 하나! 촛대 하나! 큰 촛대 하나…… 여섯……! 일곱!」

「도합 아홉이어야 합니다」

신부가 소리쳤다.

「아홉…… 모두 있습니다……! 바르네트, 만세! 정말 멋지군! 아! 바르네트 씨가……」

신부는 되찾은 물건들을 품에 꼭 껴안고 기쁨에 겨운 나머지 쓰러지며 중얼거렸다.

「바르네트 씨, 정말 감사합니다! 하느님께서 보상해 주실 거예요……」

베슈 형사는 반전을 예상하며 경계를 늦추지 않았다. 그리고 곧 베슈가 예상하던 반전이 일어났다.

돌아오는 길에 그라비에르와 일행은 다시 저택을 끼고 돌았다. 그때 과수원에서 비명소리가 들렸다. 그라비에르는 급히 차고로 갔다. 그 앞에는 하인 세 명과 농가 일꾼이 요란한 몸짓을 하고 있었다.

그라비에르 남작은 당장에 재난의 성격을 알아채고 피해 정도를 확인했다. 차고에 인접한 작은 헛간의 문이 부서진 채 남작의 마지막 재산으로 헛간에 넣어 두었던 고가구며 아름다운 시계들, 태피스트리들이 몽땅 사라졌다.

「아, 이런 끔찍한 일이……! 언제…… 도둑이 든 거야?」

남작은 비틀거리며 더듬거렸다.

「지난 밤…… 11시쯤인 것 같습니다. 그때 개들이 짖어 댔습니다……」

「어떻게 이런 일이 가능하단 말야?」

「그것도 남작님 자동차로 훔쳤답니다」

「내 자동차까지! 뭐, 그것도 도둑맞았어?」

벼락이라도 맞은 듯 남작은 드솔 신부의 팔에 쓰러졌고 신부는 아버지 같은 몸짓으로 다정하게 그를 위로했다.

「벌은 지체하는 법이 없어요, 남작. 회개하는 마음으로 받아들이세요」

베슈는 주먹을 불끈 쥐고 바르네트 쪽으로 한걸음한걸음 다가갔다. 바르네트는 모든 것을 움켜쥐고 뛸 준비가 되어 있었다.

베슈는 분노에 찬 목소리로 으르렁거렸다.

「고소하십시오, 남작. 제가 장담하건대 당신 가구들은 잃어버린 게 아닙니다」

바르네트가 친근하게 웃으며 말했다.

「물론 잃어버린 게 아니죠. 하지만 고소하면 남작께 매우 불리합니다」

베슈는 더욱 단호한 눈초리와 더 위협적인 태도로 나아갔다. 그러나 바르네트가 그에게 다가와서 한쪽으로 끌고 갔다.

「내가 없었다면 무슨 일이 벌어졌을지 알아? 신부님은 보물을 찾지 못했을 거야. 무죄인 베르니송은 교도소에 갇힐 테고 베르니송 부인은 남편의 행동을 알게 되겠지. 결국 자넨 자살할 수밖에 없었을 거야」

베슈는 줄기를 잘라 낸 나무 밑동에 주저앉아 화를 억눌렀다.

바르네트가 외쳤다.

「남작, 어서 베슈 형사에게 강심제를 좀······. 형사님께서 몸이 불편하신가 봅니다」

그라비에르가 지시를 내렸다. 그는 오래된 포도주 병을 따서 베슈에게 한 잔 마시게 했다. 신부님도 마찬가지였다. 그리고 나머지는 그라비에르가 모두 마셨다······.

베슈의 아프리카 주식 12주(株)

 가시르가 잠에서 깨어나 첫 번째로 하는 일은 전날 밤에 가져온 증권 뭉치가 머리맡 탁자에 잘 놓여 있는지 확인하는 것이었다. 안심이 된 그는 일어나서 세수를 했다.
 니콜라 가시르는 마른 얼굴에 몸집이 작고 살찐 사나이로, 앵발리드 구역에서 사업을 하고 있었다. 신중한 단골 고객들이 저금을 맡기면 그는 주식 시장에 투자해 이익을 얻고 은밀하게 고리대금업을 병행한 덕분에 그들에게 상당한 이자를 제공할 수 있었다.
 가시르는 자기 소유의 좁고 낡은 건물 2층에 살았는데, 그곳은 대기실과 침실, 상담실로 쓰이는 식당과 직원 세 명이 일하러 오는 방, 그리고 맨 끝에 있는 부엌으로 꾸며져 있었다.
 가시르는 매우 검소해서 하녀가 없었다. 매일 아침, 활동적이고 명랑한 관리인 아주머니가 육중한 몸을 이끌고 8시에 우편물을 들고 올라와 청소를 했다. 그리고 책상 위에 크루아상과 커피 한 잔을 갖다 주었다.

그날 아침 아주머니는 8시 반에 내려갔고 가시르는 여느 때처럼 직원들을 기다리면서 평화롭게 식사를 하고 우편물을 뜯으며 신문을 대강 훑어보고 있었다. 그런데 정확히 9시 5분 전에 갑자기 침실에서 무슨 소리가 들린 듯했다. 방에 두고 나온 증권 뭉치가 생각난 그는 얼른 뛰어 들어갔다. 그런데 증권 뭉치가 그곳에 없었다. 바로 그때 층계참으로 통하는 대기실 문이 급히 닫혔다.

가시르는 문을 열려고 했다. 하지만 그 손잡이는 열쇠로만 열 수 있는데 그는 책상 위에 열쇠를 두고 왔다.

가시르가 생각했다.

〈내가 열쇠를 찾으러 가면 도둑놈은 눈에 띄지 않게 도망갈 테지.〉

가시르는 거리로 향한 대기실 창문을 열었다. 그 순간 누가 건물에서 빠져나가는 일은 불가능했다. 실제로 거리에는 인적이 없었다. 니콜라 가시르는 미칠 지경이 된 나머지 도움을 요청할 생각도 하지 못했다. 그러다 몇 분 후 이웃 대로변에서 나와 건물 쪽으로 걸어오는 수석 직원을 보고는 신호를 보냈다.

「빨리! 빨리! 사를로나, 들어와서 문을 닫아. 아무도 못 지나가게 해. 도둑이 들었어」

사를로나가 지시대로 따르자 가시르는 숨을 헐떡이며 미친 듯이 계단을 내려갔다.

「사를로나, 아무도 없었나……?」

「아무도 없었습니다, 가시르 씨」

가시르는 계단과 어둑한 안뜰 사이에 있는 관리실까지 달려갔다. 관리인 아주머니가 비질을 하고 있었다.
가시르가 외쳤다.
「도둑이 들었소, 알랭 부인! 누가 이쪽으로 숨지 않았소?」
「아뇨, 가시르 씨」
뚱뚱한 부인이 어리둥절해서 말했다.
「우리 집 현관 열쇠는 어디에 두오?」
「여기 시계 뒤에 두는데요, 가시르 씨. 어쨌거나 제가 30분 전부터 여기 꼼짝 않고 있었으니까 열쇠를 가져갔을 리가 없어요」
「그렇다면 도둑놈이 계단을 내려오지 않고 올라간 거로군. 아! 어쩌다 이런 일이!」
니콜라 가시르는 현관 쪽으로 돌아왔다. 다른 두 직원들이 도착하고 있었다. 숨 가쁘게 부랴부랴 몇 마디 지시를 내렸다. 자신이 도착하기 전까지 위로든 아래로든 아무도 지나갔을 수 없었다.
「내 말 알겠지, 샤를로나?」
곧 가시르는 계단을 올라가 집으로 달려갔다.
그는 전화기를 쥐고 부르짖었다.
「여보세요……, 여보세요! 경찰…… 아니, 교환원! 경찰청 말고! 경찰 카페를 바꿔 달라고……. 전화번호? 모르겠는데……, 빨리……, 알아봐요……. 서둘러요, 교환원」
가시르는 마침내 카페 주인과 통화하는 데 성공했고 이렇게 말했다.
「베슈 형사 거기 있습니까? 불러 주시오……. 당장……, 빨리요……. 내 고객 중 하나라고요. 시간이 없단 말이오. 여보세요! 베슈 형사님? 저 가시르입니다. 잘 지내죠……. 아, 아니, 잘 지내지 못해요……. 증권을 도둑맞았습니다, 한 뭉치나 말이죠.

예……, 기다리겠습니다. 예? 뭐요? 불가능하다고? 휴가라고요? 당신 휴가가 무슨 상관이란 말이오! 빨리 오쇼, 형사님…… 빨리! 당신의 아프리카 광산주 12주도 그 속에 있었단 말입니다!」

 가시르는 수화기 저편에서 〈빌어먹……!〉이라는 감탄사를 들었다. 그 말에서 베슈 형사가 모든 일을 팽개치고 곧 달려오리라는 예감이 들자 가시르는 안도의 숨을 내쉬었다. 실제로 15분 후, 베슈 형사는 바람처럼 나타나 일그러진 얼굴로 사업가에게 달려들었다.
 「내 아프리카 주……! 내 저금! 다 어디에 있소?」
 「도둑맞았습니다! 다른 고객들 증권이랑…… 제 증권도 모조리!」
 「도둑맞다니!」
 「그래요, 30분 전에 제 방에서」
 「젠장! 그런데 내 아프리카 주식이 왜 당신 방에 있었소?」
 「다른 은행에 맡기려고 어제 크레디 리요네 은행의 금고에서 증권 뭉치를 꺼내 왔습니다. 그게 더 편리했거든요. 그런데 우연히……」
 베슈는 그의 어깨에 강철 같은 손을 얹었다.
 「가시르, 당신 책임입니다. 환불해 주시오」
 「무슨 돈으로? 전 파산이란 말입니다」
 「파산이라니? 그럼 이 집은?」
 「몽땅 저당 잡혔습니다」
 두 사람은 서로 펄쩍 뛰며 고래고래 소리를 질렀다. 관리인 아주머니와 세 직원들도 이성을 잃고 어떻게 하든 외출하려는 4층에 세든 두 처녀들의 통행을 가로막았다.
 베슈가 발끈해서 소리쳤다.
「아무도 못 나가요! 내 아프리카 주식을 되찾기 전까진 아무도!」
 가시르가 제안했다.
「도움이 필요할 것 같습니다……. 푸줏간 심부름꾼…… 식료품상…… 저들은 믿을 수 있는 사람들이거든요」
 베슈가 말했다.
「난 필요 없소. 누군가가 필요하다면 라보르드가에 있는 바르네트 탐정 사무소에 전화하시오. 그리고 신고를 해요. 하지만 시간 낭비일 거요. 지금으로선 즉각적인 행동이 필요하니까」
 베슈는 책임 의식이 떠올라 흥분을 가라앉히려고 애썼다. 그러나 신경질적인 몸짓과 입가의 경련은 극도의 낭패감을 드러냈다.
 그는 가시르에게 말했다.
「냉정을 찾읍시다. 그래도 아직은 유리한 상황입니다. 아무도 이곳을 빠져나가지 못했으니까요. 내 아프리카 주식을 밖으로 빼돌리기 전에 어서 찾아야 합니다. 요점은 그거요」
 그는 두 처녀에게 질문했다. 한 여자는 타자수로 회람과 보고서 등의 사본을 집에서 타이핑했다. 다른 여자도 집에서 플루트 레슨을 하고 있었다. 둘 다 점심거리를 사러 가고 싶어했다.
 베슈는 끄덕도 않고 대꾸했다.
「정말 미안합니다! 하지만 오늘 아침은 거리 쪽 문이 폐쇄될 겁니다. 가시르 씨, 직원 두 사람에게 계속 지키라고 하시오. 남은 한 사람은 아가씨들의 장을 대신 보도록 하고 오늘 오후에 임대인들의 통행은 가능하지만 내 허락을 받아야 합니다. 모든 소포, 서류 상자, 장바구니, 의심스러운 꾸러미들은 엄격하게 검사

할 겁니다. 이상입니다. 가시르 씨, 작업을 시작합시다! 관리인 아주머니가 안내해 줄 겁니다」

건물은 구조상 수사하기가 쉬웠다. 4층 건물이었으며 층마다 한 가구씩, 현재는 입주자가 없는 1층까지 합해서 네 가구가 있었다. 2층이 가시르의 집, 3층은 전직 장관인 하원 의원 투페몽의 집이었고 4층은 작은 집 두 채로 나뉘어 타자수인 르고피에와 플루트 선생인 아블린이 살고 있었다. 그날 아침 투페몽 의원은 위원회의 의장직을 맡고 있어서 8시 반에 의회에 출근하고 없었다. 점심 시간에야 이웃 여자가 와서 청소를 해 주므로 모두 의원의 귀가를 기다렸다. 그러나 두 처녀의 집은 면밀히 조사해야 할 대상이었다. 그들은 사다리를 통해 들어가는 다락방의 구석구석을 탐색한 뒤 안뜰로 갔다가 니콜라 가시르의 집으로 갔다.

아무것도 찾지 못했다. 베슈는 자신의 아프리카 주식을 생각하며 애를 태웠다.

정오경, 투페몽 의원이 도착했다. 그는 전직 장관이라는 중책을 맡았던 근엄한 하원 의원이자 모든 정당에서 존경을 받는 큰 정치인이었다. 가끔 결정적인 질의를 통해 정부를 뒤흔들기도 했다. 그는 규칙적인 걸음걸이로 우편물을 가지러 관리실에 갔다가 가시르를 만나게 되었다. 가시르는 그에게 자신이 피해를 입은 도난 사건을 설명했다.

투페몽 의원은 아주 하찮다고 생각되는 이야기지만 신중한 태도로 경청했다. 그는 가시르가 신고할 경우 협조할 것을 약속했으며 자신의 집도 수색할 것을 주장했다.

투페몽이 말했다.

「어떤 사람이 위조 열쇠를 손에 넣었을지 누가 알겠소?」

열심히 찾았지만 허탕이었다. 사건은 꼬여만 갔고 두 남자는 서로 위로의 말로 사기를 북돋우려고 애썼지만 별로 도움이 되지 않았다.

그들은 길 건너편의 작은 카페에서 식사를 하기로 했다. 그러면 건물에서 눈을 떼지 않을 수 있기 때문이다. 그러나 베슈는 배가 고프지 않았다. 아프리카 주식 때문에 밥 생각이 사라졌다. 가시르는 현기증을 호소했고 둘은 함께 모든 방향에서 문제를 재검토했다.

베슈가 말했다.

「문제는 간단하오. 누군가가 당신 집에 들어가 증권을 훔친 거요. 그런데 도망갈 수가 없었으니까 건물 안에 있다는 거요」

「맞습니다!」

가시르가 긍정했다.

「그 사람이 건물에 없다면 내 아프리카 주식도 없는 거고. 아프리카 주식이 천장을 통해 날아갔을 리도 없고, 나 참!」
「증권 뭉치도 없고 말입니다!」
니콜라 가시르도 맞장구를 치며 말했다.
베슈가 말을 계속했다.
「우린 탄탄한 가설에 입각해 이 확실한 결론에 도달했소. 다시 말해……」
베슈는 말을 맺지 못했다. 그의 눈은 돌연 공포를 드러냈다. 거리의 반대편을 바라보자 그곳에서 한 사람이 경쾌한 발걸음으로 건물 쪽으로 오고 있었다.
「바르네트! 바르네트……! 대체 누가 불렀지?」
베슈가 중얼거렸다.
「당신이 라보르드가의 바르네트 탐정 사무소와 그 사람에 대해 말했잖습니까? 그래서 이런 곤란한 상황에서 전화 한 통쯤이야 나쁠 것 없다고 생각했죠」
난처해진 가시르가 고백했다.
베슈가 속사포처럼 말을 뱉었다.
「바보 같은 짓이오. 누가 수사를 지휘하는 거요? 당신이요, 나요? 바르네트는 그 일과 상관없는 사람이란 말이오! 바르네트는 믿어서는 안 될 불청객이라고. 아! 안 돼, 바르네트만은 안 돼!」
그에게 바르네트의 협조는 세상에서 가장 위험한 일처럼 보였다. 건물에 있는 바르네트, 이 사건에 연루된 바르네트, 바르네트가 수사에 참여했다는 말은 수사가 성공할 경우 증권 뭉치와 특히 아프리카 주식 12주가 사라진다는 말과 같다.
베슈는 화를 이기지 못하고 길을 건넜다. 그는 바르네트가 문을 두드리려는 순간 앞을 막아서며 아주 낮게, 떨리는 목소리로 정중히 말했다.
「돌아가십시오. 당신은 필요 없습니다. 실수로 전화한 겁니다. 우리를 가만 좀 내버려두십시오, 어서!」
바르네트는 놀란 눈으로 그를 보았다.
「베슈, 이 친구야! 무슨 일인가? 어디 몸이 안 좋은가?」
「어서 돌아가십시오!」
「내가 받은 전화가 그렇게 심각한 거였어? 저축한 돈을 도둑맞았나? 그래서 내 도움을 받기 싫어?」
베슈는 인상을 찡그렸다.
「어서 가게. 자네의 도움이 뭔지 다 안다네. 사람들의 호주머니를 터는 거지」
「자네 주식 때문에 겁이 나나?」
「자네가 관련되면 그럴걸세」
「그 얘긴 그만해. 자네 일은 자네가 알아서 해결해」
「그럼, 가는 건가?」
「너무 심술부리지는 마. 난 이 건물에 볼 일이 있어」
그러고는 그들을 보며 문을 반쯤 열고 있던 가시르에게 물었다.
「실례합니다, 선생. 플루트 선생인 아블린 양이 사는 곳이 여깁니까? 음악 학교에서 2등상을 받으신 분이?」
베슈는 화가 났다.
「옳지, 문패에 있는 주소를 보고 묻는 거로군……」
바르네트가 말했다.
「그래서? 난 플루트 레슨을 받을 권리가 없어?」
「여긴 안 돼」

「유감이군. 플루트를 정말 배우고 싶은데」
「절대로 안 된다니까……」
「플루트라니까!」
 바르네트는 마음대로 지나갔고 아무도 저지할 생각을 못했다. 너무 불안해진 베슈는 계단을 올라가는 그의 모습을 끝까지 지켜보았다. 10분 후, 아블린 선생이 승낙했는지 4층에서 서투른 플루트 연주가 울려 퍼졌다.
 베슈가 중얼거렸다.
「젠장! 저 친구를 어떻게 한다?」
 베슈는 화를 내며 다시 일에 착수했다. 부득이한 경우, 세입자가 없어 도둑이 증권 뭉치를 던져 놓고 내뺐을지도 모르는 1층과 관리실을 순서대로 방문했다. 허탕이었다. 위층에서는 오후 내내 플루트 소리가 비위를 거스르며 야유하는 듯 울려 퍼졌다. 이런 상황에서 어떻게 일을 하겠는가? 마침내 6시 정각에 바르네트가 손에 커다란 종이 상자를 들고 콧노래를 부르며 껑충 걸음으로 나타났다.
「아, 종이 상자!」
 베슈는 분노의 함성을 질렀고 그 물건을 빼앗아 뚜껑을 뜯었다. 그 속에서는 낡은 모자와 좀 먹은 모피들이 있었다.
「아블린 양이 외출할 수가 없다 보니 나더러 버려 달라더군. 아블린 양, 참 예쁘던데! 플루트 연주도 뛰어나고! 나더러 소질이 있다더군. 열심히 노력하면 교회 앞 계단에서 맹인 악사 자리는 얻을 수 있겠대」

 밤새 증권 뭉치가 창문을 통해 공범에게 전달되는 것을 막기 위해 베슈와 가시르는 노심초사했다. 그래서 한 사람은 내부에서 한 사람은 외부에서 보초를 섰다. 다음날 아침, 다시 작업에 착수했지만 그들의 열성적인 활동엔 아무런 성과가 없었다. 베슈의 아프리카 주식과 가시르의 증권들은 철저히 숨겨져 있었다.

3시가 되자 바르네트는 빈 종이 상자를 들고 다시 나타났다. 그는 여가 선용을 즐기는 신사답게 상냥한 인사를 던지며 곧장 올라갔다.

플루트 레슨이 시작되었다. 음계 훈련과 연습이 계속되었고 잘못된 음정이 속출했다. 불현듯 뭐라 설명할 수 없는 침묵이 지속되고 이것이 베슈의 호기심을 끌었다.

「도대체 뭘 하는 거지?」

베슈는 바르네트가 진행함으로써 결국 의외의 수확을 얻게 되는 수사 방식을 상상하며 혼잣말을 했다.

베슈는 4층에 올라가 귀를 기울였다. 플루트 선생 집에서는 어떤 소리도 들리지 않았다. 하지만 이웃집인 속기 타자수 르고피에의 집에서 남자 목소리가 들렸다.

〈바르네트의 목소리야.〉

베슈는 갈수록 더해 가는 호기심을 누를 길 없었다.

그는 더 이상 참을 수 없어 초인종을 눌렀다.

「들어와요! 열쇠는 문에 꽂혀 있습니다」

바르네트가 집 안에서 소리쳤다.

베슈가 들어갔다. 갈색 머리의 미녀, 르고피에는 타자기를 옆에 두고 책상 앞에 앉아서 바르네트의 말을 속기하고 있었다.

바르네트가 말했다.

「수색하러 왔나? 체면 차리지 말게나. 르고피에 양은 숨길 게 전혀 없거든. 나도 마찬가지고. 난 지금 자서전을 구술하는 중이라네. 그럼 실례하겠네」

그리고는 베슈가 가구 밑을 들여다보는 동안 구술을 계속했다.

「그날 베슈 형사는 젊은 플루트 선생이 추천해 준 아름다운 르고피에 양의 집으로 날 찾아왔다. 그는 여전히 행방이 묘한 아프리카 주식을 필사적으로 찾기 시작했다. 소파 밑에서 먼지 세 뭉치를 수집했고 옷장 밑에서 구두 뒤축을 수거했다. 베슈 형사는 어떤 자질구레한 것도 소홀히 여기지 않는다. 아, 얼마나 대단한 직업 정신이란 말인가!」

베슈는 일어나서 바르네트에게 주먹을 휘두르는 시늉을 했다. 상대방은 구술을 계속했다. 베슈는 그 자리를 떠났다.

잠시 후, 바르네트가 종이 상자를 들고 내려왔다. 망을 보고 있던 베슈는 망설였다. 그러나 걱정이 앞서 또 종이 상자를 열었다. 그 속에는 오래된 종이와 넝마들만 담겨 있었다.

운 나쁜 베슈에게 그 생활은 점점 참기 힘들어졌다. 바르네트라는 사람과 그의 야유, 조롱 때문에 걷잡을 수 없이 화가 났다. 매일같이 바르네트는 플루트 레슨이나 속기 구술을 끝내고 내려왔고 종이 상자를 열어 보였다. 뭘 하자는 걸까? 베슈는 이것이 새로운 장난이며 바르네트가 자신을 놀리고 있음을 의심치 않았다. 그래도 만약 바르네트가 이번에는 증권을 들고 있다면? 만약 아프리카 주식을 들고 도망간다면? 만약 노획물을 운반하기 위해 이 기회를 이용한다면? 그래서 베슈는 싫든 좋든 이상야릇한 물건들, 찢어진 걸레, 누더기, 털 빠진 새털 이불, 부러진 빗자루, 벽난로의 재, 당근 껍질들 속으로 열에 들뜬 손을 집어넣어 뒤지고 비웠다. 그리고 바르네트는 옆구리를 부여잡으며 웃음보를 터뜨렸다.

「주식이 거기 있을까? 없을까? 찾을까……? 못 찾을까……? 아, 이 친구야, 그만 좀 웃겨!」

이 일이 꼬박 1주일 동안 계속되었다. 베슈는 무력한 싸움 속에 자신의 휴가를 고스란히 낭비했고 그 동네에서 웃음거리까지 되었다. 니콜라 가시르와 그는 세입자들이 기꺼이 몸수색을 당하면서 평소대로 자신의 일을 하러 드나드는 것을 반대할 수 없었다. 말들이 많았다. 가시르의 재난은 소문이 자자했다. 성난 고객들은 사무실을 에워싸고 환불을 요구했다. 전직 장관이었던 투페몽 의원의 경우, 하루에 네 번 외출하거나 귀가하면서 이러한 소동을 겪고 평소의 습관에 방해를 받자 니콜라 가시르에게 경찰에 신고하라고 독촉했다. 상황이 이대로 지속될 수 없는 형편이었다.

그러던 중 한 사건이 발생했다. 어느 늦은 오후, 가시르와 베슈는 4층에서 격렬하게 싸우는 소리를 들었다. 발 구르는 소리에다 여자의 비명소리까지 심각하게 들렸다.

그들은 4층으로 급히 뛰어올라 갔다. 층계참에 아블린과 르고피에가 사납게 싸우고 있었다. 이 상황을 즐기던 바르네트는 아무리 애를 써도 그들을 통제할 수 없었다. 틀어 올린 머리가 풀리고 코르셋이 찢어지고 욕설이 난무했다.

그들은 두 여자를 떼어놓았다. 속기 타자수 르고피에는 신경발작이 일어나 바르네트가 집 안으로 데리고 들어가야 했다. 플루트 선생이 분노를 터뜨렸다.

아블린이 말했다.

「제가 두 사람을 현장에서 붙잡았어요. 바르네트 씨는 처음에 제게 치근덕거리더니 이젠 저 여자랑 키스하는 거 있죠. 바르네트 씨는 정말 이상한 사람이에요. 베슈 형사님, 그 사람이 1주일 전부터 이곳에서 무슨 음모를 꾸몄는지, 왜 우리한테 질문하고 사방을 샅샅이 뒤지느라 시간을 보냈는지 이유를 물어보셔야 할 거예요. 제가 말씀드릴 수 있어요. 그 사람은 누가 도둑인지 알아요. 관리인 아주머니, 알랭 부인이에요. 그런데 왜 당신에게 입도 뻥긋 못하게 절 막았는지 아세요? 증권에 대해선 그 사람이 진실을 알고 있어요. 그 사람이 제게 〈증권은 이 건물 내에 없다가도 있고 있다가도 없습니다.〉라고 말한 게 증거예요. 베슈 씨, 그 사람을 조심하세요」

속기 타자수를 데려다 주고 온 바르네트는 아블린을 붙잡아 그녀의 방으로 밀어 넣었다.

「친애하는 선생님, 잡담은 그만하고 모르는 이야긴 꺼내지도 말아요. 플루트에 대한 것 말고는 아는 게 없잖습니까」

베슈는 그가 돌아오길 기다리지도 않았다. 아블린이 바르네트의 생각이라며 폭로한 사실이 그의 머릿속에서 사건을 명료하게 만들었다. 그래, 알랭 부인이 범인이었어. 어떻게 그런 생각을 못 했을까? 그는 분노의 확신에 휩쓸려 계단을 뛰어 내려갔고 그 뒤를 니콜라 가시르가 따라갔다. 그리고 관리실로 돌진했다.

「내 아프리카 주식! 어디 있소? 당신이 그걸 훔쳤지!」

니콜라 가시르가 도착했다.

「내 증권은? 이 도둑아, 그걸 어쨌어?」

두 사람은 뚱뚱한 부인을 질책하다가 한 팔씩 잡고 애원하는 등 온갖 질문과 욕설로 들볶았다. 부인은 아무 대답도 하지 않았다. 얼이 빠진 듯했다.

알랭 부인으로서는 지독한 밤이었다. 그에 못지않게 끔찍한 이

틀이 더 지났다. 베슈는 한순간도 바르네트가 착각했을 것이라는 생각은 하지 않았다. 더구나 그녀를 추궁하다 보니 여러 가지 사실들이 진정한 의미를 찾았던 것이다. 관리인 아주머니는 청소를 하면서 침대 머리맡 탁자에 있는 예사롭지 않은 물건에 주목했음에 틀림없다. 혼자만 열쇠를 갖고 있었고 가시르의 규칙적인 습관을 알고 있었다. 따라서 집으로 들어가 증권 뭉치를 훔친 다음, 니콜라 가시르가 찾으러 갔을 때는 관리실에 안전히 돌아와 있을 수 있었던 것이다.

베슈는 의욕을 상실했다.

「그래, 분명해. 그 여자가 일을 저질렀어. 하지만 여전히 수수께끼인걸. 범인이 관리인 아주머니건 누구건 그다지 중요하지 않아. 내 아프리카 주식이 어떻게 됐는지 모른다면 말이야. 그 여자가 관리실로 갖고 간 것은 인정해. 하지만 무슨 기적이 생겼기에 9시부터 우리가 관리실을 수색한 시간 사이에 그 증권 뭉치가 사라진 걸까?」

수수께끼의 인물이 된 뚱뚱한 부인은 온갖 협박과 정신적 고문을 당했지만 해명을 거부했다. 부인은 모든 사실을 부인했다. 그녀는 아무것도 본 것이 없었다. 아무것도 몰랐고 아무리 유죄가 확실하다 해도 굽힐 줄을 몰랐다.

어느 날 아침 가시르가 베슈에게 말했다.

「그만 끝내야겠습니다. 투페몽 의원이 어제 저녁 내각을 뒤집어 놓은 사건을 보셨을 거예요. 기자들이 인터뷰하러 올 겁니다. 우리가 기자들을 수색할 수 있겠습니까?」

베슈는 더 이상 버틸 수 없음을 시인했다.

「세 시간 후면 모든 것이 밝혀질 겁니다」

베슈가 말했다.
 오후가 되자 그는 바르네트 탐정 사무소의 문을 노크했다.
 「기다리고 있었네, 베슈. 무슨 일인가?」
 「자네 도움이 필요해. 나는 도저히 사건을 못 풀겠어」
 베슈의 대답은 솔직했고 그런 식으로 말을 꺼낸 것이 효과가 있었다. 베슈는 공개적으로 사과했다.
 바르네트는 그의 비위를 맞춰 주었다. 다정하게 어깨를 잡고 악수를 하면서 세심한 배려로 실패의 수치심을 덜어 주었다. 승자와 패자의 대담이 아니라 두 친구가 화해하는 장면이었다.
 「베슈, 실은 우리를 갈라놓았던 사소한 오해로 무척 힘들었다네. 우리 같은 친구가 적이 되다니! 얼마나 슬픈 일인가! 난 잠도 못 잤네」
 베슈는 눈살을 찌푸렸다. 경찰의 양심상 바르네트와의 절친한 관계를 자책했고 자신을 사기꾼 같은 이 사나이의 협조자이자 채무자로 만든 자신의 운명에 분개했다. 그러나 어쩌랴! 가장 정직한 사람들이 굴복할 수밖에 없는 상황들이 존재하는 법이며 아프리카 주식의 분실이 그런 경우에 속할진대!
 양심의 가책으로 괴로워하며 베슈가 중얼거렸다.
 「관리인 아주머니가 맞지?」
 「맞아. 수많은 이유 중에서 그 아주머니일 수밖에 없는 이유가 있지」
 「하지만 어떻게 그렇게 선량한 부인이 그런 범죄를 저지를 수가 있었나?」
 「그 부인에 대한 정보를 얻으려고만 했어 봐. 그러면 악질 불량배에다 모친의 돈을 우려먹는 아들 때문에 그 부인이 괴로워한다는 사실을 알았을 거야. 아들 때문에 유혹에 넘어갔던 거야」
베슈는 전율했다.
「그 부인이 내 주식을 아들에게 넘겨 버렸나?」
베슈의 목소리가 떨렸다.
「오! 천만에. 내가 그렇게 내버려두지 않았지. 자네의 주식은 안전해」
「그렇다면 어디에 있는 건가?」
「자네 주머니 속에」
「농담하지 말아 줘, 바르네트」
「베슈, 난 이렇게 심각한 일에는 농담하지 않아. 확인해 보게」
베슈는 바르네트가 가리킨 호주머니 속으로 조심스럽게 손을 넣어 더듬거렸다. 그리고 〈친구 베슈에게〉라고 수신인이 적힌 큰 봉투를 꺼냈다. 봉투를 뜯어 아프리카 주식을 발견하고 12주가 맞는지 개수를 세어 본 베슈는 안색이 창백해지고 다리가 후들거렸다. 바르네트가 코밑에 얼른 각성제 병을 갖다 대어 냄새를 맡게 했다.
「들이마셔, 베슈. 기절하지 말게」
베슈는 기절을 하는 대신 흐르는 눈물을 닦았다. 기쁨과 감동으로 목이 메었다. 물론, 자기가 들어와서 서로의 감정을 토로하던 중에 바르네트가 봉투를 자기 호주머니 속에 쑤셔 넣었음은 조금도 의심하지 않았다. 그러나 아프리카 주식 12주가 고스란히 자기 손에 돌아오자, 바르네트가 전혀 사기꾼으로 보이지 않았다.
갑자기 기운을 되찾은 베슈는 깡충깡충 뛰었다. 그는 상상의 캐스터네츠를 딸각거리면서 플라멩코 춤을 추기 시작했다.
「찾았다! 드디어 내 주식을 돌려받다니! 아, 바르네트, 자넨 위대한 사람일세! 이 세상에 바르네트 같은 사람은 둘도 없지. 베슈를 살려 준 은인, 단 한 사람뿐이야! 바르네트, 자네 동상이라도 세워야 해! 바르네트, 자넨 영웅이야! 하지만 어떻게 성공할 수 있었지? 얘기 좀 해 주게, 바르네트」

베슈 형사는 바르네트의 사건 해결 방법에 또 한번 놀랐다. 그는 직업적인 호기심에 끌려 물었다.
「바르네트, 그래서?」
「그래서, 뭐?」
「어떻게 밝혀 낸 건가? 증권 뭉치는 어디에 있었나? 〈이 건물 내에 없다가도 있다.〉라고 말했잖아?」
「있다가도 없지」
「어서 말해 보게」
베슈가 애원했다.
「이제 단념하는 건가?」
「자네가 원하는 건 뭐든 하겠네」
「이제 사소한 과실을 갖고 나를 비난하지 말 것. 자넨 내 가슴을 아프게 하거나 가끔 내가 옳은 길을 벗어났다고 생각하게 만들잖나」
「얘기해 줘, 바르네트」
바르네트가 외쳤다.
「아! 정말 재미있는 사건이었어! 베슈, 내가 경고했는데도 자넨 정신을 못 차리더군. 이보다 더 재미있으면서 기대 이상으로 즉흥적이고 교활한 사건은 본 적이 없어. 정말 인간적인 동시에 환상적이었다니까. 베슈, 자넨 정말 단순해. 뛰어난 능력을 지닌 훌륭한 경찰인데도 자넨 뭐가 뭔지 몰랐으니까」
　베슈가 발끈해서 말했다.
「어서 말해 봐. 어떻게 증권 뭉치가 건물 밖으로 나왔지?」
「자네가 보는 앞에서지, 이 어이없는 친구야! 증권 뭉치는 건물에서 나왔다가 다시 들어가기도 했다네! 하루에 두 번 나오기도 했지! 베슈, 자네가 보는 앞에서, 자네의 순진하고 관대한 눈길 아래서 말일세! 열흘 동안 자넨 경의를 표하면서 그 앞에 대고 인사를 해 댔지. 자칫하면 신의 은총을 받을 수도 있었을 텐데!」
　베슈가 외쳤다.
「설마! 전부 다 뒤졌는데 말도 안 돼!」
「전부 뒤졌지만, 그건 아니었어! 소포며 종이 상자, 손가방, 호주머니, 모자, 통조림, 쓰레기통까지……. 그것뿐이 아니었어. 국경 기차역에서는 여행자들을 검문하지만 외교관의 가방은 검문하지 않아. 그렇듯이 자넨 모조리 검사했지만 그것만은 안 했네!」
「그것이 뭔가?」
　초조해진 베슈가 소리쳤다.
「암만 해도 못 맞힐걸」
「말해 주게, 제발 좀 말해 줘!」
「전직 장관의 서류 가방!」
　베슈는 의자에서 벌떡 일어났다.
「뭐? 바르네트, 무슨 소린가? 투페몽 의원이 범인이라고?」
「자네 미쳤나! 내가 의원을 비난할 것 같나? 이유 불문하고 전직 장관인 하원 의원이라면 혐의가 없지. 모든 의원들과 전직 장관들 중에서 나는 투페몽을 가장 청렴한 인물이라고 생각하네. 어쨌든 투페몽 의원이 알랭 부인의 장물을 은닉해 주었다네」

「그러면 공범인 건가? 투페몽 의원이 공범이라고?」
「그 정도는 아니야」
「그렇다면 누구 잘못이지?」
「누구 잘못이냐고?」
「그래」
「의원의 서류 가방이야」
바르네트는 침착하고 유쾌하게 설명해 나갔다.
「베슈, 장관의 서류 가방은 중요한 역할을 하네. 이 세상엔 투페몽 씨가 있고 그의 서류 가방이 있지. 하나는 다른 하나 없인 있을 수가 없고 각각 다른 것의 존재 이유가 되지. 서류 가방이 없는 투페몽 씨를 상상하지 못하듯, 투페몽 씨 없이 그의 서류 가방을 상상할 수도 없어. 그 둘은 뗄 수 없는 사이지. 유일하게 투페몽 씨가 서류 가방을 자기 옆에 내려놓는 경우가 있어. 예를 들어 식사를 하거나 잠을 자는 등 일상생활의 일들을 하기 위해서 말이야. 그런 순간에 투페몽 씨의 서류 가방은 독자적인 존재가 되고 투페몽 씨가 전혀 책임지지 않는 행위에 참가할 수 있지. 도난 사건이 있던 날 아침에 일어난 일이 바로 그랬어」

베슈는 바르네트를 바라보았다. 무슨 이야기를 하려는 것일까?
바르네트가 말을 되풀이했다.
「자네의 아프리카 주식이 도난당했던 날 아침에 일어난 일이 바로 그랬다고. 자신이 한 도둑질에 경황이 없던 관리인 아주머니는 위험이 다가오자 어떻게 하면 훔친 물건을 없애서 자신의 신세를 망치지 않을 수 있을까 고민하다가 갑자기 벽난로 위에 생각이 미쳤지. 기적이라고나 할까! 투페몽 씨의 서류 가방이 달랑 놓여 있었어! 투페몽 씨는 우편물을 가지러 관리실에 막 들어

온 참이었네. 그는 서류 가방을 벽난로 위에 내려놓고 편지들의 겉봉을 뜯고 있었고 그동안 니콜라 가시르와 자네가 그에게 증권들의 분실에 대해 이야기하고 있었지. 그러자 천재적인……, 그래 천재라는 말밖에 달리 표현할 수가 없군. 그래, 천재적인 발상이 알랭 부인에게 떠올랐어. 증권 뭉치도 벽난로 위에 있었거든. 서류 가방 옆 신문 밑에 숨겨져 있었지. 아직 관리실을 수색하지 않았지만 곧 수색하면 탄로가 날 거였어. 1분 1초가 아까웠지. 대화를 나누는 사람들에게 등을 돌린 부인은 신속한 몸놀림으로 서류 가방을 열고 포켓 두 개 중 하나의 서류들을 비우고 증권 뭉치를 채워 넣었어. 일은 끝났지. 아무도 의심하지 않았어. 투페몽 씨가 서류 가방을 겨드랑이에 끼고 관리실을 나왔을 때, 그는 자네의 아프리카 주식과 가시르의 증권들을 갖고 가 버린 거지」

베슈는 한마디도 이의를 제기하지 않았다. 바르네트가 확신에 찬 그 특유의 어조로 단언했을 때, 베슈는 부인할 수 없는 진실에 복종했다. 그는 바르네트의 말을 믿었다. 베슈에게는 신념이 있었다.

베슈가 말했다.

「그날 나도 서류와 보고서 뭉치를 보긴 했네. 별로 신경을 쓰지 않았지. 하지만 그 서류와 보고서들은 투페몽 씨에게 돌려줬어야 할 텐데」

바르네트가 말했다.

「그렇게 생각 안 해. 부인은 자신에게 의심이 쏠리게 하느니 불태워 버렸을걸」

「그가 돌려 달라고 요구하지 않았을까?」

「아니」

「무슨 소리야! 그 문서 꾸러미가 사라진 걸 알아채지 못했다고!」

「증권 뭉치로 바뀐 것도 몰랐지」

「하지만 의원은 언제 서류 가방을 열어 보았나?」

「열어 보지 않았어. 절대 여는 적이 없지. 투페몽의 서류 가방은 많은 정치인들의 가방처럼 눈가림이면서 하나의 위협이 되고 명령이 되기도 하거든. 그가 가방을 열었다면 서류를 요구하고 증권들을 돌려줬을 거야. 그런데 서류를 요구하지도 않았고 증권을 돌려주지도 않았지」

「그렇지만 일할 때는?」

「그는 일하지 않아. 서류 가방이 있기 때문에 일을 꼭 할 필요가 없지. 전직 장관의 서류 가방만 있으면 일은 안 해도 된다네. 서류 가방은 일과 능력, 권위, 절대적 권력, 절대적 지식을 상징하지. 투페몽이 어제 저녁 하원에서 전직 장관의 서류 가방을 들고 연단에 섰을 때 내각은 어찌할 바를 몰랐지. 나도 그곳에 있었으니까 사정을 잘 아는 거야. 명백한 증거 서류들이 위대한 일꾼의 서류 가방에 들어 있어야 했지! 숫자들이며! 통계들이! 투페몽은 서류 가방을 펼쳤지만 불룩한 두 포켓 속에서 아무것도 못 꺼냈지. 때때로 연설을 하면서 그는 서류 가방에 손을 얹고는 〈모든 게 여기 있소.〉라고 말하는 듯했어. 그렇지만 베슈의 아프리카 주식과 가시르의 증권들, 그리고 오래된 신문 말고는 아무것도 없었거든. 그걸로 충분했네. 투페몽의 서류 가방이 내각을 뒤집어 버렸어」

「자네가 어떻게 아나……?」

「투페몽은 늘 걸어서 집에 가곤 했거든. 새벽 1시에 하원에서 나올 때 걸어가다가 누군가와 부딪히고 인도에 널브러졌다네. 그 누군가의 공범이 서류 가방을 주웠고 증권 대신에 자신이 들고 온 낡은 서류 뭉치를 쑤셔 넣었지. 그 사람의 이름을 말할 필요가 있을까?」

베슈는 진심으로 웃었다. 호주머니 속의 주식을 손으로 느끼고 있는 만큼 그 이야기는 재미있게 들렸고 투페몽의 모험담도 재치 있게 들렸다.

바르네트는 한 바퀴 돌더니 외쳤다.

「숨은 이야기는 이상일세, 친구. 내가 자서전을 구술하고 플루트 레슨을 받았던 것은 생생한 진실을 발견하고 건물의 냄새를 맡으며 자료를 수집하기 위해서였어. 멋진 1주일이었지. 4층에서는 연애를 하고 1층에서는 다양한 기분 전환을 했지. 가시르, 베슈, 투페몽……. 내가 끈을 조종하는 꼭두각시들이었거든. 가장 힘들었던 건 투페몽이 자기 서류 가방의 사악한 음모를 몰랐고 자신도 모르게 자네 주식을 들고 다녔다는 것을 인정하는 일이었지. 나로선 이해하기 힘든 일이었어. 관리인 아주머니는 또 어떻고! 아주머니로선 얼마나 놀랄 일이겠어! 투페몽이 아프리카 주식과 나머지 증권을 〈가로챘다〉라고 생각했기 때문에 마음속으로 투페몽을 저질 사기꾼으로 보았음에 틀림없네」

베슈가 물었다.

「내가 그에게 알려 줘야 할까?」

「뭐 하러? 여전히 낡은 신문을 들고 다니고 서류 가방 위에 엎드려 자게 둬! 이 이야기는 한마디도 다른 사람에게 하면 안 되네, 베슈」

베슈가 말했다.

「물론 가시르는 예외로 해야겠지. 그 사람에게 증권을 돌려주면서 자초지종을 말해 줘야 하니까」

「무슨 증권?」

바르네트가 말했다.

「그 사람 몫의 증권을 자네가 투페몽 씨의 가방에서 찾았잖아」

「아, 그거! 이런, 자네 정신 나갔나? 가시르가 자기 증권을 다시 얻게 될 거라고 생각해? 이런, 젠장!」

바르네트는 주먹으로 탁자를 치고 갑자기 화난 목소리로 말했다.

「베슈, 자넨 니콜라 가시르가 어떤 작자인지 아나? 관리인 아주머니의 아들과 같은 악당이네. 그래, 악당이지! 니콜라 가시르는 고객들의 돈을 훔쳐 왔어! 고객의 돈을 갖고 놀았지! 그보다 나쁜 건 횡령할 준비까지 했다는 걸세! 자, 그가 증권 뭉치를 금고에서 찾아왔던 그 날짜 소인의 브뤼셀 행 1등석 기차표가 있네. 그자가 주장했듯이 은행에 예치하기 위해서가 아니라 내뺄 생각이었던 거라네. 자넨 니콜라 가시르란 인간에 대해 어떻게 생각하나?」

베슈는 아무 말도 하지 않았다. 아프리카 주식을 도난당한 이후로 니콜라 가시르에 대한 그의 신뢰도는 매우 떨어져 있었다. 그렇지만 다음과 같이 지적했다.

「그래도 그의 고객들은 선량한 사람들이야. 그 사람들이 파산하는 게 옳은 일이겠나?」

「파산할 리가! 천만의 말씀이야! 그 같은 불공평은 내가 용납을 못하지!」

「그래서?」

「그래서는 뭐…… 가시르는 부자야」

「이젠 빈털터리지 않나」
「틀렸어! 내 정보에 따르면 고객에게 갚아 줄 돈 이상으로 그는 돈이 많아. 첫날부터 가시르가 신고를 안 한 것은 경찰이 자신의 일에 간섭하길 원치 않았기 때문이지. 그에게 교도소 행이라고 협박해 보게, 혼자 해결하고 말걸. 돈이라고? 니콜라 가시르는 백만장자야. 그가 저지른 악행은 내가 아니라 그 자신에게 속죄해야지!」
「자네 말은 돌려주지 않겠다는 뜻인가?」
「증권 말인가? 절대 안 되지! 이미 팔아 버렸거든」
「그럼, 돈은 자네가 갖겠다는 건가?」
바르네트는 화가 폭발했다.
「안 가져! 난 아무것도 안 갖네!」
「그럼, 그 돈으로 뭘 하지?」
「투자하지」
「누구한테?」
「돈이 필요한 친구들과 내가 보조하는 유익한 사업에. 아! 베슈, 걱정 말게. 니콜라 가시르의 돈은 유용하게 쓰일 테니!」
베슈는 의심하지 않았다. 이번에도 사건은 바르네트에 의한 〈재산〉 몰수로 종결되었다. 바르네트는 죄인들을 벌하고 무고한 사람들을 구하지만 사례금을 잊지 않고 챙겼다. 꼼꼼한 자선 사업은 그 자신에게서부터 시작되는 것이다.
베슈 형사는 얼굴이 붉어졌다. 이의를 제기하지 않으면 공범이 되고 만다. 그러나 호주머니 속에 있는 귀중한 아프리카 주식에 손을 대자, 베슈는 바르네트의 개입이 없었다면 그 주식을 잃고 말았을 것이라는 생각이 들었다. 이런 상황에 화를 내고 싸워야 할까?
바르네트가 물었다.
「무슨 일인가? 마음에 안 드는 일이라도?」
「아니야, 대단히 만족하네」
가엾은 베슈가 긍정했다.
「만사가 잘되었으니 웃어 보게」
베슈는 무력하게 웃었다.
바르네트가 외쳤다.
「정말 잘됐어! 자네에게 도움이 되어 기쁘고 자네가 그 기회를 줘서 고맙네. 이제 헤어져야지. 자네도 아주 바쁠 테고 나도 어떤 부인의 방문을 기다리고 있거든」
「잘 있게」
문 쪽으로 향하면서 베슈가 말했다.
「또 보세」
바르네트가 말했다.
베슈는 그의 말대로 만족스럽게 나왔지만 양심 때문에 마음이 불편했다. 그래서 앞으로는 이 가증스러운 인물을 피하기로 결심했다. 밖으로 나가자 옆 도로의 모퉁이에서 바르네트가 기다리는 부인임이 틀림없는 아름다운 속기 타자수가 서 있었다.
그리고 이틀 후, 극장에서는 미모가 출중한 플루트 선생 아블린과 동행한 바르네트를 보았다…….

우연이 기적을 만들다

 옛 망루(望樓) 사건을 수사하라는 임무를 맡은 베슈 형사는 필요한 정보를 챙긴 다음 프랑스 중부행 저녁 기차를 탔다. 다음 날 아침 형사는 게레에서 내렸고 자동차 한 대가 마쥐레슈 마을로 그를 태워 갔다. 베슈는 먼저 크뢰즈 강이 굽어 흐르는 곳 위에 세워진 웅장한 고성(古城)을 방문했다.
 부유한 실업가이자 국회 의장이며 정계에서도 중요한 인물인 조르주 카제봉이 그곳에 살고 있었다. 그는 기껏해야 마흔가량으로 보이는 건장한 남자였고 평범한 얼굴에 존경을 불러일으키는 뚱뚱한 몸집이었다. 옛 망루가 그의 소유지에 속했기 때문에 카제봉은 베슈를 망루로 안내했다.
 먼저 밤나무들을 심어 놓은 아름다운 공원을 지나친 뒤 폐허가 된 아름다운 망루에 도착했다. 망루는 봉건 시대부터 마쥐레슈에 남아 있던 유일한 유적으로, 붕괴된 암석층 위로 크뢰즈 강이 서서히 돌아 나가는 협로의 기저층에서 하늘을 향해 솟아올라 있었다.

달레스카르 가문 소유인 반대편 강가에는 12미터 길이로 둑처럼 생긴 거대한 석벽이 물기로 반짝거리며 우뚝 서 있었다. 오륙 미터가량 위에 있는 난간의 테라스가 정원 오솔길로 이어지고 있었으며 주변은 황량했다. 그곳에는 아주 커다란 바위가 있었는데, 그 바위 위에서 열흘 전 새벽 6시에 젊은 백작 장 달레스카르의 시신이 발견됐다. 시신에는 추락사의 경우에 생길 수 있는 머리의 상처 외에는 다른 외상이 없었다. 반대편 테라스의 나뭇가지들 중에는 갓 부러져 밑동을 따라 꺾인 가지가 있었다. 그리하여 비극은 다음과 같이 재구성되었다. 백작은 이 가지 위에 올라앉았다가 강으로 떨어진 것이다. 사고사였다. 매장 허가서가 발행되었다.

「대체 젊은 백작이 이 나무 위에서 뭘 하려 했던 겁니까?」

베슈가 물었다.

「아주 오래된 달레스카르 가문의 요람이었던 이 망루를 더 높이, 더 가까이 보려고 했던 거죠」

조르주 카제봉이 대답했다.

그리고 곧 덧붙였다.

「저는 더 이상 말하지 않겠습니다, 형사님. 경찰청에서 당신에게 임무를 맡긴 게 제 간청 때문이란 사실을 모르시지 않겠죠. 주변에 나쁜 소문들이 나돌며 저에 대한 중상모략들이 난무하고 있어 저는 이 사건에서 그만 손을 떼고 싶습니다. 모두 형사님께 맡기겠습니다. 심문도 하십시오. 무엇보다도 젊은 백작의 누이이자, 그 가문의 마지막 생존자인 달레스카르 양을 찾아가십시오. 그리고 떠나실 때는 제게 와서 악수를 해 주십시오」

베슈는 시간을 허비하지 않았다. 망루의 기단 부분을 탐색한 다음, 마루판과 계단이 붕괴하는 바람에 내부에 뒤죽박죽 쌓여 있던 잔해들을 비집고 들어갔다. 그리고 다시 마을로 가서 사람들에게 질문하고 사제와 읍장을 찾아서 주막에서 함께 식사했다. 2시에 그는 테라스까지 뻗어 있는 좁은 정원에 들어갔다. 사람들이 저택이라 부르는, 파손된 데다 조잡하기까지 한 작은 건물이 정원을 둘로 가르고 있었다. 늙은 하녀를 통해 달레스카르에게 자신의 내방을 알리자 곧 천장이 낮고 가구가 적은 홀로 안내되었다. 그곳에서 달레스카르는 한 신사와 담소 중이었다.

그녀가 일어서자 신사도 따라 일어섰다. 베슈는 그 신사가 바르네트임을 알아보았다.

바르네트가 손을 내밀며 유쾌하게 외쳤다.

「아! 마침내 자네를 만나는군. 오늘 아침 신문을 보니 자네가 크뢰즈 강 쪽으로 출발했다는 소식이 있더라고. 자네한테 도움이 될까 해서 내 40마력 자동차를 얼른 타고 달려와서 이렇게 기다리고 있었지. 달레스카르 양, 경찰청에서 특별히 파견된 베슈 형사를 소개합니다. 이 사람만 있으면 안심하실 수 있죠. 아마 이 사건도 벌써 해결했을 겁니다. 이 친구만큼 능력이 뛰어난 사람도 못 봤거든요. 수사의 달인이죠. 자, 말해 보게, 베슈. 해결되었나?」

베슈는 한마디도 대꾸하지 못했다. 얼이 빠져 버렸다. 전혀 예상하지 못했던 바르네트의 등장은 그를 얼떨떨하고 소름끼치게 만들었다. 또 나타난 바르네트! 항상 나타나는 바르네트! 이번에도 바르네트와 맞닥뜨려서 그의 고약한 협조를 받아야 하는 건가? 수사에 뛰어든 사건마다 바르네트는 사람을 속이고 돈을 사취하는 것 외엔 다른 목적이 없었음을 확인하지 않았나?

그러나 지금까지 짙은 암흑 속을 헤매기만 할 뿐 털끝만큼도 실마리를 발견하지 못했던 베슈가 감히 무슨 말을 하겠는가?

베슈가 입을 다물고 있자, 바르네트가 말을 이었다.

「보세요, 달레스카르 양. 베슈 형사는 자신의 수사에 대한 확신을 갖고 있다 보니 당신이 직접 수사 결과를 확인해 주시길 바라고 있어요. 우리는 몇 마디밖에 나누지 못했으니까, 동생이신 달레스카르 백작께서 희생되신 비극에 대해 알고 계신 것을 처음부터 말씀해 주시길 부탁드립니다」

엘리자베트 달레스카르는 키가 크고 얼굴이 창백했는데 상복의 검은 베일 사이로 대단한 미인임을 엿볼 수 있었다. 그녀는 가슴속의 오열로 이따금 흐느끼면서 엄숙한 얼굴로 답했다.

「차라리 침묵을 지키고 신고를 하지 말걸 그랬어요. 하라고 하시니까 대답은 해 드리겠어요, 선생님」

바르네트가 말을 계속했다.

「제 친구 베슈 형사는 동생을 마지막으로 보신 정확한 시간을 알고 싶어합니다」

「저녁 10시였어요. 우린 평소처럼 즐겁게 식사를 했죠. 저는 장을 무척 좋아했어요. 저보다 나이가 훨씬 어려서 제가 거의 키우다시피 했거든요. 우리는 함께 있으면 늘 행복했답니다」

「동생께선 밤에 외출하셨나요?」

「동이 트기 조금 전…… 그러니까 새벽 3시 반경에 나갔어요. 하녀가 그 소리를 들었대요」

「어디에 가셨는지 아십니까?」

「전날 테라스 꼭대기에서 낚시질을 할 거라고 말했어요. 그곳은 동생이 제일 좋아하던 곳이었거든요」

「3시 반에서 그의 시신을 발견한 시각 사이에 대해 더 하실 말씀은 없습니까?」

「있어요. 6시 15분에 총소리가 났어요」

「실제로 몇 사람이 그 소리를 들었습니다. 그런데 밀렵꾼이 쏜 총이었을 수도 있습니다」

「저도 혼잣말로 그랬어요. 하지만 걱정이 되어 자리에서 일어나 옷을 입었어요. 테라스에 도착했을 땐 이미 사람들이 와 있었고 저희 쪽은 경사가 너무 심해서 그 애를 이쪽으로 못 데려오고 성의 정원 쪽으로 들어올리고 있었어요」

「그 총소리는 이 사건과 아무 관련이 없을 수 있잖습니까? 관련이 있다면 시신을 검사할 때 총알로 생긴 상처를 발견했을 텐데 그렇지 않았거든요」

엘리자베트가 망설이자 바르네트가 재촉했다.

「제발 대답해 주세요」

그녀가 말했다.

「진실이야 어떻든지 제 생각으론 분명히 연관이 있다고 말씀드려야겠어요」

「왜입니까?」

「우선 달리 설명할 수 있는 게 없고요」

「사고사라는……?」

「아니요. 장은 굉장히 몸이 날렵한 데다 아주 신중했어요. 그렇게 가느다란 가지에 자기 목숨을 의지했을 리가 없어요」

「어쨌든 그 가지는 부러져 있었습니다」

「그 가지가 그 애 때문에, 또 그날 부러졌다고 증명할 만한 게 없잖아요」

「그렇다면 당신의 솔직한 의견으로는 범죄가 있었다는 거군요」
「예」
「증인들 앞에서 용의자의 이름을 지목하기까지 하셨습니다」
「예」
「어떤 증거에 의거하셨는지, 베슈 형사가 당신에게 하고 싶은 질문이 바로 그것입니다」

엘리자베트는 잠시 생각에 잠겼다. 괴로운 기억을 상기하기가 무척 힘들어 보였지만 결심한 듯 이렇게 말했다.

「말씀드릴게요. 그러자면 24년 전의 사건을 떠올려야 해요. 그 당시 저희 아버지께선 공증인이 달아나는 바람에 파산하셨고, 채권자들에게 빚을 갚기 위해 게레의 부유한 실업가에게 부탁할 수밖에 없었어요. 그 사람은 5년 후 상환하지 않을 경우에 성과 영지, 마쥐레쉬에 있는 저희 땅의 소유권을 넘겨받는다는 조건으로 20만 프랑을 빌려 줬어요」

「그 실업가가 조르주 카제봉의 부친이었습니까?」

「예」

「그가 이 성에 애착이 있었습니까?」

「무척이요. 여러 번이나 성을 사려고 했죠. 그리고 4년 11개월 후, 아버지께서 뇌출혈로 돌아가시자 저희 삼촌과 후견인에게 빚을 갚기까지는 한 달밖에 남지 않았다는 사실을 통보해 왔어요. 아버지께선 전혀 유산을 남기지 않으셨고요. 장과 저는 쫓겨났고 이 저택에 사시던 삼촌께서 저희를 거두어 주셨답니다. 그분도 아주 적은 연금으로 생활하고 계셨죠. 그러나 삼촌도 곧 돌아가셨고 카제봉 씨 부친도 돌아가셨어요」

바르네트와 베슈는 주의 깊게 듣고 있었다. 바르네트가 넌지시 말했다.

「제 친구 베슈 형사는 오늘의 사건과 그 사실이 정확히 어디서 연관되는지 잘 모를 겁니다」

달레스카르는 놀라워하며 경멸 어린 눈빛으로 베슈 형사를 보면서 말을 계속했다.

「장과 저는 이 작은 저택에서 예전부터 선조의 소유였던 망루와 성을 바라보며 단둘이 살았답니다. 장은 사춘기의 지성과 감성이 발전함에 따라 해가 갈수록 고통스러워했어요. 자기 영토라고 생각하던 곳에서 쫓겨났다는 사실이 그렇게 괴로울 수가 없었죠. 공부하고 노는 와중에도 하루 종일 집안의 고문서를 면밀히 조사하고 우리 가문을 언급한 책들을 읽는 데 전념하곤 했어요. 그러던 어느 날, 여기 책들 중 한 권 사이에 끼워져 있던 종이를 발견했죠. 거기에는 아버지께서 돌아가시기 전 몇 년 사이의 회계 기록이 있었고 저축과 수익이 높은 토지 매매로 비축한 금액이 표시되어 있었죠. 은행 영수증도 있었어요. 저는 은행에 갔습니다. 그곳에서 아버지께서 돌아가시기 1주일 전에 은행 구좌를 없애시고 예금 전액인 1000프랑짜리 지폐 200장을 인출해 가셨다는 말을 들었어요」

「몇 주 후에 상환하셔야 했던 바로 그 금액이군요. 왜 대금 상환을 미루셨을까요?」

「모르겠어요」

「그럼 왜 수표로 갚지 않으셨습니까?」

「모르겠어요. 아버지 나름대로 습관이 있으셨거든요」

「당신의 말에 따르면 그 20만 프랑을 안전한 곳에 두셨다는 거죠?」

「네」

「대체 어디에?」

엘리자베트 달레스카르는 바르네트와 베슈에게 숫자로 가득한 20여 페이지의 종이 철을 내밀었다.

「그 답은 여기 있을 거예요」

그녀는 마지막 페이지를 보여 주며 말했다. 그 페이지에는 원의 4분의 3이 그려져 있었고 그 오른쪽에 반지름이 아주 작은 반원이 덧붙여져 있었다. 그리고 가는 선이 네 줄로 반원에 그어져 있었다. 두 선 사이에는 작은 십자가 표시가 있었다. 모든 그림을 연필로 먼저 그린 다음, 잉크로 지웠다.

「무슨 뜻일까요……?」

바르네트가 물었다.

엘리자베트가 대답했다.

「저희는 그것을 이해하는 데 오랜 시간이 걸렸어요. 가엾은 장이 이 그림이 옛 망루의 외곽선을 축소시킨 정확한 도면이라는 것을 알아내던 날까지 말예요. 원들이 접합된 고르지 않은 두 부분의 배치까지 똑같았어요. 선을 그린 네 줄은 곧 총안(銃眼) 네 개를 가리켰죠」

「십자 표시는 달레스카르 백작께서 지불 기일을 기다리시며 20만 프랑을 숨겨 두신 그 장소를 가리키겠죠」

바르네트가 그 말을 다시 정리했다.

「예」

엘리자베트가 시인했다.

바르네트는 골똘히 생각하고 서류를 검토한 뒤 결론을 내렸다.

「아주 그럴듯하군요. 달레스카르 백작께선 신중을 기해서 장소를 선택하고 기록을 해 두셨는데 갑작스러운 죽음으로 그 사실을 발표할 시간이 없었습니다. 하지만 제 생각에는 카제봉 씨의 아드님께 연락해서 허락을 얻는 걸로 족할 텐데……」

「망루 꼭대기로 올라가겠다고요? 저흰 그렇게 했어요. 저희랑 냉담한 관계를 유지하던 조르주 카제봉은 호의적으로 맞이하더군요. 하지만 어떻게 망루에 올라가요? 15년 전에 계단이 무너져 버렸는데요. 돌들에는 금이 갔고 꼭대기는 바람에 깎여 있었죠. 아무리 사다리를 합쳐도 30미터 높이에 있는 총안까지는 다다를 수 없었어요. 사다리로 오르는 계획은 포기해야 했죠. 몇 달 동안 장과 저는 비밀 회의와 도면 그리기를 거듭하다가 결국……」

「불화가 생긴 거죠?」

바르네트가 말했다.

「예」
 그녀는 얼굴을 붉히며 말했다.
「조르주 카제봉이 당신에게 반해서 구혼을 했죠. 당신은 거절하셨고 그는 난폭해졌습니다. 분열이 생겼죠. 장 달레스카르는 더 이상 마쥐레쉬 영지에 들어갈 권리가 없게 되었죠」
 엘리자베트가 말했다.
「그런 식으로 끝났어요. 하지만 제 동생은 포기하지 않았어요. 그 돈을 원했죠. 그 애 말로는 영지의 일부를 다시 사거나 제 결혼 지참금을 마련하기 위해서 그 돈이 필요하다고 했어요. 그 애는 집착하고 있었어요. 망루 앞에서 살다시피 했어요. 오르지 못할 꼭대기를 지칠 줄 모르고 바라보곤 했죠. 거기에 올라갈 수천 가지 방법을 고안해 냈답니다. 활쏘기 연습을 하더니 새벽부터 밧줄을 매단 화살들을 쏘았어요. 그 화살이 뒤로 넘어가 떨어지면 밧줄끼리 연결해서 맨 위까지 끌어올릴 수 있을 거라고 희망을 가졌죠. 60미터 길이의 밧줄도 준비했지만 아무런 성과도 없이 실패하자 낙담하고 말았어요. 죽기 전날에도 제게 〈내가 악착같이 이 일을 하는 이유는 결과에 확신이 있어서란 걸 누나도 알지. 우리에게 유리한 일이 생길 거야. 기적이 일어날 거란 예감이 들어. 늘 일어나는 일은 필연이 아니면 신의 은총이야.〉라고 말했죠」
 바르네트가 말을 이었다.
「요컨대 동생께서 새로운 시도를 하시던 중에 돌아가셨다고 믿으시는군요?」
「예」
「밧줄은 놓아둔 자리에 없었습니까?」
「예」

「그 증거는……?」
「그 총소리요. 조르주 카제봉이 제 동생을 놀라게 하려고 총을 쏜 거예요」
바르네트가 외쳤다.
「오! 저런! 조르주 카제봉이 그렇게 행동할 수 있는 사람이라고 생각하시는군요」
「네. 자제력은 있지만 능히 과도한 폭력이나…… 범죄마저 저지를 수 있는 충동적인 사람이에요」
「무슨 동기로 총을 쏘았을까요? 동생에게서 빼앗은 돈을 숨기기 위해서?」
달레스카르가 말했다.
「모르겠어요. 가엾은 장의 시신에 전혀 상처가 없으니 살인이 어떻게 일어났는지도 모르겠어요. 하지만 제 생각은 확고해요」
바르네트가 지적했다.
「좋습니다. 그러나 당신의 확신은 사실보다는 직감에 근거한 것임을 인정하십시오. 그리고 법정에서는 그것으로 충분하지 않다는 점을 말씀드려야겠군요. 조르주 카제봉이 참지 못하고 당신을 명예 훼손죄로 고소할 수도 있겠죠. 안 그런가, 베슈 형사?」
달레스카르가 일어서며 심각한 어조로 응수했다.
「그건 중요하지 않아요, 선생님. 범인을 처벌해도 죽은 목숨은 돌아오지 않아요. 제 동생의 복수를 위해서가 아니라 제가 진실이라고 믿는 것을 말씀드리려 했던 거예요. 조르주 카제봉이 절 고소하더라도 그건 그 사람 자유예요. 저는 이번에도 제 양심에 따라 행동할 거예요」
그녀는 입을 다물었다가 한마디 덧붙였다.

「하지만 그 사람은 침묵을 지킬 테니 걱정 마세요」

면담은 끝났다. 엘리자베트 달레스카르가 남으로부터 위협을 받을 만한 여인이 아니었기에 바르네트는 더 이상 고집 부리지 않았다.

그는 말했다.

「달레스카르 양, 조용한 생활을 혼란스럽게 해서 죄송합니다만, 진실을 입증하기 위해서는 어쩔 수 없었습니다. 그리고 베슈 형사가 당신의 말씀에서 교훈을 얻었으리라 믿으셔도 좋습니다」

바르네트는 인사하고 나왔다. 베슈도 인사를 하고 그의 뒤를 따랐다.

밖에 나와서도 형사는 계속 침묵을 지켰다. 이 난해한 사건이 준 혼란을 숨기기 위한 것뿐 아니라 점점 더 자신을 화나게 만드는 바르네트의 협조를 거부하는 의사 표현이었다. 바르네트는 그 점에 대해 더 낙천적이었다.

「자네가 옳아, 베슈. 자네의 깊은 생각을 알겠어. 이런 표현을 써서 미안하지만 저 아가씨의 얘기 속에는 쓴맛도 있고 단맛도 있네. 가능성과 불가능성이 있고 사실과 사실 같지 않은 것이 있어. 어린 달레스카르가 했던 방식은 유치했어. 자네 마음속과 달리 난 그 말을 믿고 싶어지네. 그 불쌍한 아이가 망루 꼭대기에 도달했다면 그건 자기가 소원했던 불가해한 기적 덕분이겠고 감히 우린 상상도 못할 기적이겠지. 거기에 문제가 있어. 어떻게 그 젊은이가 두 시간 사이에 사다리를 기어오르는 방식을 고안해 준비하고 실행한 다음, 다시 내려와서 총성을 듣고 허공으로 뛰어 내릴 수가 있었을까……. 그를 쏘지도 않았는데?」

바르네트는 생각에 잠긴 채 되풀이해서 말했다.

「그를 쏘지도 않은…… 총성에 의해……. 그래, 베슈, 이 사건에는 초자연적인 일이 개입해 있어……」

바르네트와 베슈는 그날 저녁 마을의 여관에서 다시 만났다. 각자 따로 식사를 했다. 이튿날과 그 이튿날도 마찬가지로 식사 때만 마주쳤다. 남은 시간에 베슈는 수사와 심문을 계속했다. 한편, 바르네트는 저택 정원을 돌다가 테라스에서 좀 멀리 있는 경사진 잔디밭에 자리를 잡았다. 거기서는 옛 망루와 크뢰즈 강이 보였다. 그는 공상에 잠겨 낚시질을 하거나 담배를 피웠다. 기적을 발견하려면 기적의 흔적을 찾는 것보다 그 성격을 밝혀야 한다. 장 달레스카르는 상황을 이용해 어떤 도움을 얻었을까?

사흘째 되는 날 바르네트는 게레에 갔는데 마치 자신이 무엇을 할지, 어떤 집의 문을 두드릴지 미리 알고 있는 사람처럼 행동했다.

나흘째에 그는 베슈를 만났고 베슈는 이렇게 말했다.

「난 수사를 끝냈네」

「베슈, 나도 마찬가지야」

바르네트가 답했다.

「파리로 돌아갈 거야」

「나도 그래. 내 자동차로 같이 가지」

「좋아. 난 카제봉 씨와 45분 후에 약속이 있네」

「내가 그 집으로 자넬 찾으러 가지. 그 말만 번지르르한 사람은 질렸어」

바르네트는 여관에서 숙박비를 내고 성 쪽으로 가다가 정원에 들러 조르주 카제봉에게 전해 달라며 명함을 내밀었다. 명함에는 〈베슈 형사의 동료〉라고 씌어져 있었다.

바르네트는 익랑(대문의 좌우 양편에 이어서 지은 행랑——옮긴이) 전체를 차지하는 거대한 홀로 안내되었다. 사슴 머리들이 벽을 장식한 홀에는 다양한 무기 및 총기류 진열장이 있었고, 진열장 안은 사격수와 수렵가 증명서들이 차지하고 있었다. 조르주 카제봉이 그에게 다가왔다.

바르네트가 말했다.

「저는 베슈 형사의 친구입니다. 베슈 형사는 곧 올 겁니다. 저희는 합심해서 수사를 진행했고 곧 함께 떠날 겁니다」

「베슈 형사의 견해는 어떻습니까?」

조르주 카제봉이 물었다.

「단호합니다. 이 사건을 있는 그대로만 볼 뿐이죠. 수집한 소문들은 믿을 만한 것이 못 됩니다」

「달레스카르 양은……?」

「베슈 형사의 말에 따르면 달레스카르 양은 비통해 하고 있어서 차마 조사를 할 수가 없었답니다」

「바르네트 씨, 당신의 의견도 같습니까?」

「오! 저는 하찮은 조수일 뿐입니다. 베슈 형사의 의견을 따를 뿐이죠」

바르네트는 홀을 거닐다가 수집품들에 흥미가 끌려 진열장을 바라보았다.

「총이 멋지지 않습니까?」

조르주 카제봉이 말했다.

「정말 훌륭합니다」

「애호가십니까?」

「명사수들의 탁월한 솜씨에 감탄만 할 뿐이죠. 〈생튀베르의 제자〉, 〈크뢰즈의 수렵가들〉이라……. 면허장과 증명서들을 보니 선생이야말로 명사수시군요. 어제 게레에서도 사람들이 말하더군요」
「게레에선 이번 사건에 대해 말들이 많죠?」
「천만에요. 선생의 사격술이야말로 그곳에서 전설이던걸요」
바르네트는 총을 하나 꺼내 조작하고 무게를 가늠했다.
「조심하세요. 전투용 총인데 장전되어 있습니다」
조르주 카제봉이 말했다.
「악당들을 상대하십니까?」
「오히려 밀렵꾼들 대상이죠」
「그렇군요. 선생께선 밀렵꾼을 쏠 용기가 있으십니까?」
「다리만 부러뜨리는 걸로 충분합니다」
「이 방 창문에서는 무엇을 쏠 수 있나요?」
「오! 밀렵꾼들은 그렇게 가까이 오지 않습니다!」
「그렇다면 더 재미있겠군요! 재미가 더할 나위 없겠어요……」
바르네트는 구석에 있는 아주 좁은 반 십자형 유리창을 열었다. 그리고 외쳤다.
「이런, 약 250미터 거리에 나무 사이로 옛 망루가 보이는군요. 크뢰즈 강 위로 튀어나온 부분이 맞죠, 안 그렇습니까?」
「그럴 겁니다」
「맞아요, 바로 그겁니다. 저기, 돌 사이에 무아재비 덤불이 보이는군요. 총구 끝에 노란 꽃이 보이시죠?」
바르네트는 총의 개머리판을 어깨에 대고 총을 쏘았다. 꽃이 떨어졌다.
조르주 카제봉은 언짢은 몸짓을 했다. 거짓말처럼 놀라운 총솜씨를 갖춘 이 〈하찮은 조수〉는 어떻게 하자는 이야기인가? 무슨 권리로 이렇게 떠들어 대고 있는가?

바르네트가 말했다.

「하인들은 성의 반대편 끝에서 살죠? 이곳에서 무슨 일이 일어나는지 들을 수가 없겠군요. 방금 달레스카르 양에게 잔인한 기억을 되살리게 하고 와서 후회가 됩니다」

조르주 카제봉은 미소를 지었다.

「달레스카르 양은 그날 아침 총성과 동생의 사건 사이에 상관관계가 있다고 주장했겠군요?」

「예」

「그 상관관계를 어떻게 밝혔답니까?」

「제가 방금 밝힌 것처럼 말이죠. 누군가가 이 창문에 서 있었고 그녀의 동생은 망루에 매달려 있었던 겁니다」

「그녀의 동생은 추락사한 게 아닙니까?」

「두 손으로 잡고 있던 돌이나 튀어나온 모서리가 붕괴되면서 추락한 겁니다」

조르주 카제봉은 침울해졌다.

「달레스카르 양의 발언이 그처럼 확고한 데다 정식 고소를 하려는 줄은 몰랐습니다」

「모르셨겠죠」

바르네트가 반복해서 말했다.

상대방은 바르네트를 바라보았다. 하찮은 조수의 대담한 어조와 결의에 찬 태도가 갈수록 조르주 카제봉을 놀라게 했다. 카제봉은 형사가 공격하려는 의도로 조수를 보낸 것은 아닌지 궁금해졌다. 잡담으로 시작된 대화가 어느덧 카제봉을 겨냥한 공격의 형태를 취했기 때문이다.

카제봉은 불쑥 자리에 앉더니 말을 이었다.
「그녀는 등반의 목적이 뭐랍니까?」
「당신에게 보여 준 도면의 작은 십자 표시가 가리키는 곳에 달레스카르 양의 부친이 숨겨 놓은 20만 프랑을 되찾는 것입니다」
조르주 카제봉이 항의했다.
「절대로 수긍할 수 없는 해석이군요. 그녀의 부친께서 그 돈을 모으셨다면 왜 제 부친께 당장 갚지 않으시고 숨겨 놓으셨겠습니까?」
바르네트가 시인했다.
「선생의 이의도 일리가 있습니다. 숨겨 놓았다는 것이 그 돈이라면 말이죠」
「그럼 뭡니까?」
「모르겠습니다. 가설에 따라 진행해야겠죠」
조르주 카제봉은 어깨를 으쓱했다.
「엘리자베트와 장 달레스카르가 가설이란 가설은 전부 검토했습니다」
「누가 압니까! 그들도 저처럼 전문가가 아니니까요」
「아무리 통찰력이 있는 전문가라 해도 무에서 유를 창조할 순 없습니다」
「가끔은 있습니다. 게레에서 신문 보관소를 운영하는 그레옴 씨를 아시죠. 예전에 선생 공장에서 회계 일을 했다던데요?」
「그렇습니다. 훌륭한 직원이었죠」
「그레옴 씨는 장 백작의 부친이 20만 프랑을 은행에서 인출한 다음날, 선생의 공장을 방문했다고 말했습니다」
「그래서요?」

「그날 방문에서 백작이 이미 20만 프랑을 지불했고, 망루 꼭대기에 숨겨져 있는 것은 그 영수증이라는 생각은 안 드십니까?」

조르주 카제봉은 소스라치게 놀랐다.

「이보쇼, 당신의 가설이 돌아가신 제 부친을 모욕하는 것임을 아십니까?」

「어떤 점에서 말입니까?」

바르네트가 솔직하게 말했다.

「제 부친께서 그 돈을 받으셨다면 정정당당하게 공표하셨을 겁니다」

「왜요? 사적으로 대출했던 금액이 상환되었음을 공표할 필요는 없죠」

조르주 카제봉은 탁자를 주먹으로 내리쳤다.

「하지만 2주 후, 채무자가 죽고 며칠 후에 마쥐레슈 영지에 대한 권리를 행사하시진 않으셨을 거 아닙니까!」

「바로 그렇게 하신 겁니다」

「이봐요, 이봐! 당신 말은 헛소리요! 그런 주장을 하려거든 논리적으로 해야지. 내 부친께서 이미 받으신 돈을 요구했다고 가정하면 영수증을 내보일까 두려우셨을 거 아니겠소!」

바르네트가 무심히 말했다.

「어쩌면 부친께서 그 사실을 아는 사람이 아무도 없고 유산 상속자들도 대출금 상환 소식을 모른다는 사실을 아셨을 수 있죠. 이 영지에 대한 애착이 강하다 보니 유혹에 졌던 겁니다. 사람들이 그러더군요. 꼭 쟁취하겠노라 맹세하셨다고」

바르네트의 은밀하고 끈질긴 암시와 더불어 사건은 조금씩 다른 양상을 띠고 있었다. 즉, 카제봉의 부친이 이 사건에 연루되었고 배신과 사기로 비난을 당하게 된 것이다. 이에 조르주 카제봉은 얼굴이 납빛으로 변하고 분노로 부들부들 떨며 주먹을 쥐었다. 지극히 태연한 어조로 사실들을 가증스러운 관점에서 제시하고 있는 이 사나이를 어이없이 바라보았다.

카제봉은 투덜거렸다.

「그런 식으로 말하지 마시오. 닥치는 대로 말을 하는군요」

「닥치는 대로라뇨? 천만의 말씀입니다. 저는 오로지 진실만을 지적할 따름입니다」

이 뜻밖의 적수가 밀어붙이는 가설과 추측의 연결 고리를 꺾으며 조르주 카제봉이 외쳤다.

「거짓말! 당신은 사소한 증거조차 없잖소! 내 부친께서 그런 불명예로운 일을 하셨다는 증거를 얻으려면 옛 망루 꼭대기로 찾으러 가야 할 거요」

「장 달레스카르가 그곳에 갔습니다」

「틀렸소! 망루의 30미터 높이를 기어 올라갈 수는 없지. 그건 인간의 능력 밖의 일이오. 그리고 단 두 시간 만에 그 일을 해낼 수도 없고」

「장 달레스카르는 그 일을 해냈습니다」

바르네트가 고집스럽게 반복했다.

「무슨 방법으로? 무슨 마법을 써서?」

격분한 조르주 카제봉이 말했다.

바르네트는 몇 마디 말을 내뱉었다.

「밧줄을 사용했죠」

카제봉은 웃음을 터뜨렸다.

「밧줄이라고? 그건 미친 짓이오! 그래, 실제로 밧줄을 망루에 걸겠다는 어리석은 희망을 품고 화살을 쏘던 그 애를 놀라게 만든 적은 수도 없이 많지. 쯧쯧, 가엾은 아이! 그런 이들에겐 기적도 없소. 다시 말하지만…… 두 시간 만에 말이오? 그렇다면 그 밧줄은 사고가 난 다음, 망루 위나 크뢰즈 강의 바위 위에서 볼 수 있었을 것 아니오?」

바르네트는 여전히 침착하게 대꾸했다.

「그때 사용된 것은 그 밧줄이 아닙니다」

조르주 카제봉은 신경질적으로 웃으며 외쳤다.

「그럼 어느 밧줄이오? 이 이야기는 믿을 만한 거요? 장 백작이 마법의 밧줄을 지닌 채 새벽에 정원 테라스로 내려갔고 마법의 주문을 외우니까 밧줄이 저절로 펼쳐져 망루 끝까지 다다라 마법사가 밧줄을 거기에 묶을 수가 있었다? 그런 건 힌두교 고행자들이나 하는 기적이라고!」

바르네트가 말했다.

「선생도 마찬가지입니다. 선생도 그를 막기 위해 기적을 일으켜야 했습니다. 최후의 희망으로 기적을 바라던 장 달레스카르도 마찬가지였고 그 생각에 확신을 얻은 저도 마찬가지였습니다. 하지만 기적은 당신이 상상하던 것과는 정반대로 일어났습니다. 왜냐하면 기적은 망루로 올라간다는 관념과 현상에 따라 밑에서 위쪽으로 일어난 것이 아니고, 위에서 밑으로 일어났기 때문입니다」

카제봉은 빈정거렸다.

「그렇다면 하느님께서 선민에게 구명대라도 던지셨단 말이오?」

바르네트가 조용하게 말했다.

「자연의 법칙을 그르치면서 신의 중재를 간청할 필요도 없습니다. 오늘날 기적은 단순한 우연에 의해 발생하는 일들이랍니다」

「우연이라고!」
「우연에 불가능이란 없습니다. 가장 충격적이면서 독창적인 힘은 결코 예상할 수도 없고 변화무쌍합니다. 우연은 슬며시 접근해서는 가장 엉뚱한 조합을 만들고 그 실현 가능성을 높입니다. 또 전혀 어울리지 않는 요소들로 일상의 현실을 창조합니다. 기적을 만드는 것은 우연밖에 없습니다. 제가 생각해 낸 우연이 요즘 시대에는 너무나 터무니없어 보이지만 운석과 천체의 먼지 말고도 다른 것이 하늘에서 떨어진다는 겁니다」
「그게 바로 밧줄이고!」
카제봉이 비아냥거렸다.
「밧줄이든 다른 무엇이든 상관없습니다. 바다 밑에는 항해하는 선박들을 난파시키는 무엇인가가 많이 있죠」
「하늘에는 선박들이 없소」
「있긴 있는데 다른 이름들을 쓰죠. 기구나 비행기, 또는 비행선이라고 부르는 것들 말입니다. 선박들이 바다를 항해하듯 그것들도 하늘에서 종횡무진합니다. 기체에서 수천 가지 물건들이 떨어지거나 투하될 수가 있죠. 그중 하나가 밧줄 한 타래였고 그게 망루의 총안에 걸려 버렸다면 모든 게 설명됩니다」
「설명하긴 쉽군」
「근거 있는 설명입니다. 지난주 발행된 지역 신문을 읽어 보십시오. 저도 어제 읽어 봤답니다. 장 백작이 죽기 전날 밤에 기구 하나가 이 지역 상공을 비행했다는 사실을 아실 겁니다. 북쪽에서 남쪽 방향으로 오다가 게레로부터 15킬로미터 지점에서 모래주머니를 여러 개 던졌습니다. 그 사실로 미뤄 보면 기구에서 밧줄 뭉치도 떨어졌고 그 밧줄 끄트머리가 테라스 나뭇가지에 걸린 겁니다. 장 백작은 그것을 풀어 주려고 테라스에서 내려와 가지를 부러뜨릴 수밖에 없었던 거고요. 밧줄의 양쪽 끄트머리를 손으로 잡고 있다가 끝을 묶어 망루로 기어 올라갔다고 추론할 수 있지 않을까요? 힘든 묘기지만 그 나이의 소년이라면 가능한 일입니다」

「그래서?」

온 얼굴에 경련이 인 카제봉이 중얼거렸다.

바르네트가 결론을 내렸다.

「사격수처럼 노련하고 힘센 누군가가 이쪽 창가에 있다가 허공에 매달린 그 사람을 발견하고 밧줄을 쏘아 끊어 버린 거죠」

카제봉이 담담히 대꾸했다.

「아! 그게 이 사건에 대한 당신의 견해로군?」

바르네트는 계속해서 말했다.

「그리고 그 누군가는 강으로 달려가 영수증을 없애기 위해서 시신을 뒤진 다음, 매달려 있던 밧줄 끝을 잡고 자기 쪽으로 당겨서 증거물을 우물에 던져 버린 겁니다. 그 우물은 경찰이 쉽게 찾을 겁니다」

이제 비난의 화살이 위치를 바꾸었다. 아버지에 이어 아들이 피고가 되었다. 논리적으로 확실하고 부인할 수 없는 연결 고리가 과거와 현재를 잇고 있었다.

카제봉은 그 올가미에서 빠져나오려고 애를 쓰며 바르네트라는 사람에게 화가 치민다는 듯이 외쳤다.

「그 따위 억지 설명과 괴상한 가설은 이제 진력이 나오. 이곳에서 나가 주시오. 베슈 형사에게 당신을 내쫓았다고 알리겠소. 사기 치려고 온 작자였다고 말이오」

「사기를 칠 생각이었다면 증거들부터 보여 드렸을 겁니다」
바르네트가 웃으며 말했다.
카제봉은 이성을 잃고 말했다.
「증거들! 증거들이 있기나 해? 몇 마디 허튼 소리겠지! 하지만 당신이 말할 수 있는 증거는 단 하나뿐이야. 아시겠어! 증거들이라고? 하, 유효한 증거는 오직 하나뿐이야! 오직 하나, 내 부친과 나를 꼼짝 못하게 할 증거는 말이지……! 당신이 아무리 무례한 말을 퍼부어도 그 증거가 없다면 무용지물이고 당신은 허풍쟁이일 뿐이야!」
「어떤 증거입니까?」
「물론 영수증이지! 내 부친께서 서명하신 영수증」
「여기 있습니다. 선생 부친의 필적이 맞죠? 공식 문장도 찍힌?」
바르네트는 오래되어 닳고 누렇게 변한 봉투에 소인이 찍힌 종이를 펼치면서 말했다.

오귀스트 카제봉 본인은 달레스카르 백작에게 차용해 주었던 일금 20만 프랑을 수령했음을 확인한다. 이 상환 대금으로 백작의 성과 토지에 대해 설정했던 저당권은 자동으로 해지된다.

「이 날짜는 그레옴 씨가 말했던 날짜와 일치합니다. 서명도 있습니다. 이 내용에 거짓이 없다는 점은 부친의 고백이나 부친이 남긴 비밀 서류를 찾아 확인할 수 있을 겁니다. 이 서류의 발견은 곧 선생 부친과 선생의 유죄 판결이자 부친께서 애착을 가졌듯이 선생도 애지중지하던 성에서 추방됨을 뜻합니다. 그 때문에 선생은 사람을 죽인 겁니다」
「내가 죽였다면 그 영수증을 되찾았겠지」
카제봉이 우물거렸다.
「선생은 피해자의 시신에서 그것을 열심히 찾았습니다만 거기에는 없었죠. 장 백작은 신중을 기하기 위해 영수증을 돌에 묶어 망루 꼭대기에 던져 놓고 나중에 주으려고 했던 겁니다. 시신으로부터 약 20미터 떨어진 강가에서 그것을 발견한 사람이 바로 접니다」
바르네트는 이제 후퇴할 시간이었다. 조르주 카제봉은 그에게서 서류를 빼앗으려고 애썼다.
한순간 두 남자는 서로를 노려보았다. 바르네트가 먼저 입을 열었다.
「그런 행동은 자백이 됩니다. 선생의 눈빛이 너무 흔들리는군요. 이런 순간에 달레스카르 양이 제게 말했던 것처럼 선생은 능히 무슨 짓이든 할 사람이군요. 지난번에 선생이 자신도 모르게 어깨를 으쓱했을 때도 그런 증상이 생겼죠. 자, 침착하십시오. 철책에서 누가 초인종을 누르는군요. 베슈 형산가 봅니다. 혹시 그가 아무것도 모른다는 사실에 관심 있으십니까?」
침묵이 흘렀다. 마침내 혼란스런 눈빛을 한 조르주 카제봉이 속삭이듯 말했다.
「얼마요? 그 영수증에 대해 얼마면 되오?」
「이건 팔지 않습니다」
「당신이 가질 거요?」
「어떤 조건 하에 돌려 드리겠습니다」
「어떤?」

「베슈 형사 앞에서 말씀드리죠」
「동의하지 않는다면?」
「선생을 고발합니다」
「당신의 주장은 타당성이 없소」
「노력해 보시죠」
조르주 카제봉은 상대방의 강력한 힘과 냉혹한 의지 아래 있는 자신의 무력함을 느껴야 했다. 그는 당황했다. 바로 그때 하인이 베슈의 방문을 알렸다.

성에서 바르네트를 만나리라고 예상하지 못했던 형사는 눈살을 찌푸렸다. 도대체 두 남자가 무슨 이야기를 나누고 있었을까? 보기 싫은 바르네트가 감히 베슈 자신의 주장에 반론을 제기하려고 온 것일까?

이 불안은 베슈의 직관에 더욱 확신을 안겨 줬다. 베슈는 조르주 카제봉의 손을 따뜻하게 잡으며 말했다.

「카제봉 씨, 제가 떠나기 전에 수사 결과와 제출할 보고서 방향을 말씀드리겠다고 약속했죠. 지금까지 사건이 검토된 방식과 제 수사 결과가 완전히 일치합니다」

그리고 바르네트가 썼던 용어를 그대로 사용하며 덧붙여 말했다.

「달레스카르 양이 당신에 대해 퍼뜨렸던 소문들은 전혀 근거가 없는 것입니다」

바르네트가 수긍했다.

「내가 카제봉 씨에게 드린 말씀이 바로 그걸세. 한 번 더 말씀드리면, 제 스승이자 친구인 베슈 형사는 늘 날카로운 통찰력을 보여 주었습니다. 형사, 자네에게 할 말이 있네. 카제봉 씨는 본인에게 쏟아졌던 비방에 관대하게 대처하실 생각이라네. 달레스카르 양에게 선조의 영지를 돌려주겠다고 하시네」
 베슈는 곤봉으로 얻어맞은 듯 놀랐다.
「뭐……? 그럴 수가?」
 바르네트가 말했다.
「물론 그럴 수 있지. 이번 사건으로 인해 카제봉 씨는 이 지역이 마음에 안 들어서 게레에 있는 공장 부근의 성을 점찍어 두고 계시네. 카제봉 씨도 내가 들어왔을 때 마침 증여 계획을 세우고 계셨다네. 그리고 10만 프랑짜리 수표를 더 얹어 주려는 바람까지 표명하셨지. 수표는 달레스카르 양에게 보상금으로 전달될 거라네. 우리 둘 다 동의하지 않았습니까, 카제봉 씨?」
 카제봉은 한순간도 망설이지 않았다. 그는 자기 자신에 관한 일이자 자기만족을 위해서 하는 일인 양 아주 신속히 바르네트의 명령에 복종했다. 그는 책상 앞에 앉아 문서를 작성하고 수표에 서명을 했다.
 카제봉이 말했다.
「여기 있습니다. 저는 공증인에게 지시를 내리겠습니다」
 바르네트는 두 서류를 받아 봉투에 넣어 봉한 뒤 베슈에게 말했다.
「자, 달레스카르 양에게 갖다 주게. 장담하건대 달레스카르 양은 카제봉 씨의 조치에 무척 감사할 거야. 카제봉 씨, 저는 그만 가 보겠습니다. 베슈와 제가 모든 사람에게 만족스러운 결말에 얼마나 흡족해하고 있는지 말씀드리지 않을 수 없군요」
 바르네트는 민첩하게 나갔다. 베슈도 그의 뒤를 따랐지만 도무지 영문을 알 수 없어 정원에서 이렇게 중얼거렸다.
「그럼 저 사람이 총을 쏜 거야……? 자기 죄를 인정했나?」

바르네트가 그에게 말했다.

「걱정하지 마, 베슈. 이 사건은 그냥 내버려두게. 보다시피 모두에게 이익이 되도록 잘 해결되었다네. 그러니 달레스카르 양에 대한 자네 임무나 수행하게……. 이제 조용히 사건을 잊으라고 하고 식당으로 날 찾으러 오게」

15분 후 베슈가 돌아왔다. 달레스카르 양은 증여를 받아들였고 조르주 카제봉의 공증인과 만나서 처리하도록 자신의 공증인에게 일을 맡겼다. 그러나 돈은 거절했다. 화가 난 그녀는 수표를 찢어 버렸다.

바르네트와 베슈는 헤어졌다.

침묵 속에 시간이 빨리 흐른 여행이었다. 베슈 형사는 헛된 추측을 하느라 지쳐 버렸다. 그는 아무것도 이해하지 못했지만 친구 바르네트가 전혀 속내를 이야기해 줄 것 같지 않았다.

3시 정각에 파리에 도착하자, 바르네트는 증권 거래소 부근의 식당으로 베슈를 초대했다. 허탈감과 무기력에서 벗어나지 못한 베슈는 초대에 응했다.

바르네트가 말했다.

「주문하고 있어. 난 잠깐 볼일이 있네」

별로 오래지 않아 바르네트는 돌아왔고 그들은 양껏 식사를 했다. 커피를 마시면서 베슈가 말했다.

「카제봉 씨에게 수표 조각들을 보내야 될 것 같아」

「그럴 필요 없어, 베슈」

「왜?」

「그 수표는 아무 가치도 없어」

「무슨 소린가?」

「그래. 달레스카르 양이 거절할 줄 미리 알고 내가 봉투 속에 증여 증서와 유효기간이 지난 수표를 밀어 넣었지」
「진짜 수표는? 카제봉 씨가 서명한 것은?」
베슈가 소리쳤다.
「방금 은행에 가서 찾아왔지」
바르네트는 재킷을 벌려 돈 뭉치들을 보여 주었다.
베슈는 커피 잔을 떨어뜨리고 말았다. 그는 자제하려고 애썼다.
그들은 오랫동안 서로 마주보며 담배를 피웠다.
마침내 바르네트가 말했다.
「베슈, 사실 말이지, 우리의 협조는 지금까지 유익했네. 파견을 나갈 때마다 성공해서 내 저축을 늘릴 수가 있었지. 이젠 자네 앞에서 좀 난처해지기 시작했어. 왜냐하면 우린 함께 일했는데 나만 돈을 벌잖아. 베슈, 나랑 동업하는 게 어떻겠나? 바르네트와 베슈 탐정 사무소…… 응? 그럴듯하지 않아?」
베슈는 증오에 찬 눈길을 던졌다. 그는 사람을 이렇게 미워해 본 적이 없었다.
베슈는 일어나 탁자에 계산할 돈을 던지고 떠나며 이렇게 중얼거렸다.
「자네가 혹시 악마는 아닐까 의심이 들곤 해」
「나도 가끔 의심하곤 하지……」
바르네트가 웃으며 대답했다.

흰 장갑…… 흰 각반……

 베슈는 택시에서 내리자마자 바르네트 탐정 사무소에 폭풍처럼 들이닥쳤다.
 달려 나온 바르네트가 외쳤다.
「야! 멋지군! 지난번에 냉정하게 헤어지는 바람에 그동안 자네가 화났을까 걱정했거든. 그런데 이번에도 내 도움이라도 필요한 건가?」
「그래, 바르네트」
 바르네트는 힘차게 그의 손을 잡고 흔들었다.
「다행이군! 대체 무슨 일인데? 얼굴이 빨갛군. 성홍열이라도 걸렸나?」
「웃지 말게, 바르네트. 힘든 사건이라네. 내 명예를 걸고 해결하고 싶어」
「무슨 일인데?」

「내 집 사람에 관해서」

「자네 집 사람! 자네 결혼했어?」

「6년 전에 이혼했어」

「왜, 성격 차이로?」

「아니, 집 사람은 자기 직업에 충실했지」

「집 사람이 떠났어?」

「연극을 하고 싶어했네. 저 포스터가 보여? 〈형사의 아내〉라네!」

「그래서 성공했나?」

「음, 노래를 하고 있지」

「오페라?」

「폴리베르제르 극장(파리에서 가장 오래되고 유명한 뮤직홀 — 옮긴이)에서」

「이름은?」

「올가 보방」

「그 곡예사 가수?」

「그래」

바르네트는 열광적으로 답했다.

「정말 축하해, 베슈! 올가 보방은 진짜 예술가야. 〈전위〉 상송으로 새로운 양식을 찾아냈지. 거꾸로 매달려 부르는 그녀의 신곡 말이야. 〈조아생은…… 날 좋아해. 내 사랑은…… 로랑인데〉를 들으면 위대한 예술의 전율을 느낄 수 있다네」(원문의 노랫말(Isidore…… m'adore. Maisc'est Jaime…… que jaime)에서 동음 반복의 효과를 노렸기 때문에, 번역상 단어를 다른 것으로 바꿈 — 옮긴이)

「고맙네. 집 사람한테서 이걸 받았어」

베슈는 연필로 갈겨 쓴 그날 아침 날짜의 속달 우편을 읽어 주었다.

　　내 침실에 도둑이 들었어요. 우리 엄마는 돌아가실 지경이에요. 와 줘요.　　　　　　　　　　　　　　　　　　── 올가

「〈지경〉이란 말이 참 적절하군!」
바르네트가 말했다.
베슈가 말을 이었다.
「경찰청에 전화를 걸었는데 사건이 접수되어 있으니 나더러 현장에 있는 동료의 조수 노릇이나 하라더군」
「뭐가 걱정이야?」
바르네트가 물었다.
「집 사람을 다시 보게 된 것」
베슈는 가련한 투로 말했다.
「아직도 사랑하는군?」
「집 사람을 보면 사랑의 감정이 다시 솟아……. 목이 답답해지고…… 횡설수설하게 되지……. 이런 상황에서 수사가 제대로 되겠어? 바보 같은 짓만 저지를 것 같네」
「그렇지만 그녀 앞에선 당당한 자네 명성에 걸맞는 모습을 보여 주고 싶은 거지?」
「바로 그래」
「그렇다면 날 믿지?」
「물론이지, 바르네트」
「자네 집 사람의 행동거지는 어때?」
「나무랄 데 없네. 그 직업만 아니었으면 올가는 아직도 베슈

부인이었을 거야」

「예술 쪽에서 보면 유감인 셈이겠지」

바르네트는 모자를 집어 들고 심각하게 말했다.

몇 분 후, 그들은 뤽상부르 공원에 인접한 아주 조용하고 인적이 없는 거리에 접어들었다. 올가 보방은 고급 저택의 4층에 살고 있었고 그 건물 1층의 높은 창문에는 철책이 달려 있었다.

베슈가 말했다.

「한마디만 더 하겠네. 이번만큼은 우리 임무에 명예롭지 못한 착복 행위를 단념해 주게」

「내 양심은……」

바르네트가 반박했다.

「자네 양심은 내버려두고 내 양심과 집 사람이 퍼부을 비난이나 생각해 줘」

「내가 올가 보방을 갈취할 수 있을 거라고 생각하나?」

「제발 누구의 돈도 빼앗지 말게」

「그럴 만한 나쁜 사람도 안 되나?」

「그런 사람들을 벌하는 수고는 경찰에 맡기게」

바르네트는 한숨을 쉬었다.

「별로 재미가 없는걸! 자네가 정 원한다면……」

경관 한 명이 문을 지키고 있었고 다른 한 명은 사건 때문에 충격을 받은 관리인 부부와 함께 관리실에 남아 있었다. 베슈는 파출소장과 형사 두 명이 이미 건물에서 나왔고 예심판사가 대략적인 수사를 끝냈음을 알고 있었다.

「아무도 없는 틈을 이용하세」

베슈가 바르네트에게 말했다.

계단을 오르며 베슈가 설명했다.

「이곳은 전통이 살아 있는 오래된 동네라네……. 예를 들어 현관문은 항상 닫혀 있고 밖에서 열쇠가 없으면 초인종을 눌러야만 들어갈 수 있지. 2층에는 성직자가 살고 3층에는 사법관이 사는데 관리인 아주머니가 청소를 맡고 있어. 올가의 경우엔 모친과 그녀를 키워 준 늙은 하녀들 두 명과 함께 아주 부유하게 살고 있지」

현관문이 열렸다. 베슈는 현관 탈의실에서 오른쪽은 올가의 침실과 거실로 이어지고 왼쪽은 모친과 두 늙은 하녀들의 방으로 이어진다는 사실을 알려 주었다. 정면에는 체조실로 개조한 화실에 고정된 봉과 그네, 링, 여러 부속 시설들이 안락의자와 소파 사이에 흩어져 있다는 점도 말해 주었다.

홀에 들어서자마자 햇빛이 새어 들어오는 커다란 유리창 위쪽에서 뭔가가 떨어졌다. 매력적인 얼굴에 헝클어진 갈색 머리카락을 흔들며 웃고 있는 키 작은 젊은이였다. 베슈는 허리를 꼭 묶은 파자마 차림의 올가 보방을 알아보았다. 그녀는 하층민 같은 말투로 외쳤다.

「베슈, 엄마는 괜찮아. 지금 주무시거든. 우리 엄마가! 그나마 다행이지!」

올가는 밑으로 곤두박질쳤다가 다리를 허공에 두고 두 팔을 뻗어 몸을 일으킨 다음, 감동적이며 허스키한 콘트랄토(여성(女聲) 알토 — 옮긴이)로 노래를 불렀다.

「조아생은…… 날 좋아해. 내 사랑은…… 로랑인데」

「나도 당신을 사랑해, 여보. 이렇게 빨리 와 주니까 정말 멋지다」

올가가 몸을 일으키며 말했다.
「친구인 바르네트야」
참으려고 애를 쓰지만 촉촉한 눈과 신경질적인 떨림으로 심경의 혼란을 그대로 드러낸 베슈가 말했다.
그녀가 말했다.
「굉장해요! 두 사람이 이 사건을 모두 해결하고 나한테 침실을 돌려줘요. 당신들 할 일이니까. 아! 나도 소개를 해야지. 이쪽은 델 프레고, 내 체육 선생이자 마사지사에 분장 담당이에요. 또 뮤직홀의 아가씨들에게 인기가 많은 화장품을 팔고 있죠. 그 화장품을 바르면 젊어지고 피부도 야들야들해진답니다. 인사해, 델 프레고」
델 프레고가 머리를 숙였다. 넓은 어깨와 구릿빛 피부에 환한 얼굴이 옛날 어릿광대의 모습이었다. 그는 회색 옷에 흰색 각반과 장갑을 끼고 연한 색 펠트 모자를 손에 들고 있었다. 델 프레고는 장황하게 손짓을 하면서 혀를 굴려 스페인 어와 영어, 러시아 어가 섞인 이국적인 불어를 내뱉어 가며 자신의 단계적인 전위 체조 방식을 설명하려고 했다. 올가가 그의 말을 잘랐다.
「그런 걸로 허비할 시간이 없어. 그나저나 베슈, 당신에게 어떤 정보가 필요하죠?」
베슈가 말했다.
「제일 먼저 당신 방을 보여 줘」
「가시죠, 출발!」
올가는 점프해서 그네에 매달렸다가 그네의 반동에 따라 링으로 몸을 던진 다음, 문 앞에 뛰어내렸다.
「다 왔군요」

그녀가 말했다.

방에는 침대와 가구, 커튼, 조각, 거울, 카펫, 장식품, 아무것도 없었다. 아무리 빈 방이라고 해도 이삿짐꾼들이 작업을 끝낸 방처럼 이렇게 휑하지는 않을 것이다. 그런데도 그 방은 완전히 텅 비어 있었다.

올가가 웃음을 터뜨렸다.

「어때요? 그 사람들 청소까지 하고 재주도 좋죠! 내 상아 브러시 세트까지 다 가져갔어요! 먼지까지 싹 쓸어 갔대도 믿겠죠. 내가 몹시 아끼던 것들인데……! 진짜 루이 15세풍 의자(등받이가 오목하고 곡선미를 살린 편안하고 우아한 안락의자—옮긴이)…… 하나하나 열심히 산 것들……! 퐁파두르 부인(루이 15세의 총희(寵姬)—옮긴이)이 누웠던 침대! 부셰(퐁파두르 부인의 총애를 받은

궁정 화가로 로코코 미술의 대표적 화가——옮긴이)의 조각 4점……! 장인(匠人)이 만든 서랍장……! 멋진 장식품들 모두……! 미국 순회 공연에서 번 돈이 다 사라졌어요!」

올가는 그 자리에서 펄쩍펄쩍 뛰면서 머리칼을 흔들더니 유쾌하게 외쳤다.

「까짓것! 다른 걸로 먹고 살면 돼요. 내 탄력 있는 근육과 허스키 목소리 덕분에 생활이 곤란하지는 않아요. 근데 베슈, 왜 날 곁눈질해요? 아직도 내 다리에 홀딱 반한 것 같군요! 이리 와요, 키스해 줄게요. 검찰이 오기 전에 끝내야 할 테니 얼른 질문을 하세요」

베슈는 말을 꺼냈다.

「무슨 일이 있었는지 말해 봐」

올가 보방이 말을 이었다.

「오! 별로 긴 얘기도 아녜요. 어젯밤 시계가 10시 반을 쳤을 때예요……. 전 8시에 델 프레고와 함께 나갔다는 말을 먼저 해야겠네요. 엄마 대신 절 폴리베르제르 극장에 데려다 주었거든요. 엄마는 뜨개질을 하고 계셨어요. 30분에 시계가 울렸죠. 갑자기 제 방 쪽에서 무슨 소리가 들렸대요. 엄마는 달려가셨죠. 그러자 금방 꺼지긴 했지만 손전등 불빛 속에서 흘긋 그 광경을 보실 수가 있었대요. 한 남자가 침대를 분해하면 다른 남자가 침대 머리를 세워 뒤집고 다시 먼젓번 남자가 탁자보로 덮어씌우면 그들 중 한 사람은 가구들을 내려 보내고 하는 식으로 방의 가구를 전부 옮긴 거예요. 엄마는 꼼짝도 못하고 입 밖으로 소리도 안 나오더래요. 큰 차가 거리에서 출발하는 소리가 들린 다음에야 고개를 돌릴 수 있었다고 해요」

베슈가 말했다.
「당신이 폴리베르제르 극장에서 돌아왔을 때는……?」
「밑에 있는 아파트 현관문이 열려 있고 엄마가 기절하신 걸 발견했어요. 내가 얼마나 놀랐을지 생각해 봐요!」
「관리인들은?」
「그 사람들 아시잖아요. 그 착한 노부부는 30년 전부터 그곳에 살고 있는데 진짜 믿을 만한 사람들이에요. 그리고 밤에 그 부부를 깨우려면 초인종만 울려도 충분하죠. 그런데 그들이 어제 잠자리에 들었다는 밤 10시부터 아침이 될 때까지 초인종을 누른 사람은 아무도 없다고 확신하던걸요」
베슈가 말했다.
「한번도 문 여는 끈을 잡아당기지 않았다고?」
「그렇대요」
「다른 세입자들은?」
「아무 소리도 못 들었대요」
「그렇다면……」
「그렇다면, 뭐요?」
「올가, 당신 생각은?」
젊은 여자는 화를 냈다.
「웃기는 소리 하네요, 당신! 내 사건이라고 의견 표명을 하라고요? 정말 검찰 사람들만큼이나 멍청해 보이는군요」
말문이 막힌 베슈가 말했다.
「이제야 수사를 시작한 건데」
「참 잘났군. 내가 한 이야기로는 이해가 안 가요? 바르네트라는 사람도 당신처럼 멍청이라면 내 퐁파두르 침대와는 영영 이별

해야겠군요」
 바르네트가 앞으로 나서서 그녀에게 물었다.
「퐁파두르 침대를 언제 돌려받고 싶으십니까, 부인?」
「뭐라고요?」
 올가는 조금도 주의를 기울이지 않고 있던 이 우스꽝스러운 외모의 남자에게 놀라 쳐다보며 말했다.
 바르네트는 친근한 어조로 상세히 말했다.
「부인께서 퐁파두르 침대와 방 전체를 돌려받고 싶으신 날짜와 시간을 알고 싶습니다」
「하지만……」
「날짜를 정하십시오. 오늘이 화요일입니다. 다음주 화요일이면 괜찮으시겠습니까?」
 올가가 놀란 듯 눈을 크게 뜨자 동그란 눈이 더 커 보였다. 그녀는 숨이 막힌 듯했다. 이 당돌한 제의는 무슨 뜻일까? 농담일까, 허풍일까? 갑자기 그녀는 웃음을 터뜨렸다.
「여기 익살꾼이 있었군요! 베슈, 당신 이 친구를 어디서 데려온 거예요? 싫어요. 바르네트란 사람, 배짱 한번 두둑하군요! 내 퐁파두르 침대를 손에 넣고 있다는 말투잖아……. 당신들 같은 인간들과 시간 낭비하기 싫어요!」
 올가는 두 사람을 현관까지 밀어붙였다.
「가세요, 꼴도 보기 싫어요. 난 놀림당하는 건 싫다고요. 어쩜 저렇게 허풍쟁이들일까!」
 화실 문이 두 허풍쟁이 앞에서 거세게 닫혔다. 절망한 베슈는 흐느끼기 시작했다.
「온 지 10분밖에 안됐는데」

바르네트는 침착하게 늙은 하녀 중 한 명에게 몇 가지 질문을 하고 현관을 조사했다. 그들이 계단을 내려왔을 때 바르네트는 관리실에 들어가 똑같이 질문을 해 댔다. 그리고 밖으로 나가자마자 지나가는 택시에 올라타 라보르드가의 번지수를 알려 주고 떠나 버렸다. 베슈는 놀란 모습으로 인도 위에 남아 있었다.

베슈가 보기에 바르네트의 능력이 아무리 뛰어나도 올가는 더 많은 것을 강요했다. 그리고 올가의 말대로 바르네트가 농담 같은 약속을 걸고 궁지에서 벗어났음을 믿어 의심치 않았다.

베슈는 다음날 바르네트 탐정 사무소에 갔을 때 그 증거를 얻었다. 바르네트는 안락의자에 앉아 발을 책상 위에 얹은 채 담배를 피우고 있었다.

화가 난 베슈가 외쳤다.

「자네가 일 처리하는 게 이런 식이라면 우린 끝없이 수렁 속을 헤맬지도 몰라. 내가 거기서 애를 써 보았자 검찰에선 어림도 없네. 나도 마찬가지야. 몇 가지 점에선 동의할 수 있네. 예를 들어 건물 안에서 문을 열어 주지 않았다면 아무리 위조 열쇠로라도 건물에 침입하는 것은 불가능하다는 거지. 공범으로 의심할 만한 내부 사람이 아무도 없으니까, 부득이 두 가지 결론에 이르게 되지. 첫째는 강도들 중 하나가 그날 해 질 녘에 건물에 있다가 공범에게 문을 열어 준 거야. 둘째는 항상 건물 현관이 닫혀 있기 때문에 관리인 부부에게 들키지 않고는 침입할 수 없다는 거지. 그럼 누가 들어왔을까? 누가 안내를 했을까? 오리무중이야. 자넨 어떤가?」

바르네트는 침묵으로 일관했다. 사건에 전혀 관심이 없어 보였다. 베슈는 말을 계속했다.

「사건 전날 건물에 들어왔던 사람들의 명단을 작성했네. 그 사람들 하나하나에 대해서도 관리인들의 대답은 단호해. 들어왔던 사람은 모두 나갔다는군. 그러니 실마리가 전혀 없어. 불법 침입도 다양한 각도에서 추정해 봤지만 너무 간단하고 대담한 방법으로 실행한 거라서 그 시발점조차 설명할 길이 전혀 없다네. 자네는 이 사건에 대해 어떻게 생각하나?」

이윽고 바르네트가 기지개를 켜며 현실로 돌아온 듯 보였다.

「정말 매력적이야」

「누가? 뭐가? 누가 매력적이라고?」

「자네 집 사람」

「뭐?」

「무대에서처럼 실제로도 매력적인걸. 그 활력에! 생기발랄함까지! 파리의 진정한 장난꾸러기야……. 거기에다 센스 있고 우아한 모습은 또 어떻고! 퐁파두르 침대를 사기 위해서 저축할 생각 역시…… 멋지지 않아? 베슈, 자넨 그런 행운을 얻을 자격이 없는데」

베슈가 투덜거렸다.

「내 행운은 사라진 지 오래야」

「얼마나 살았는데……?」

「한 달」

「그래서 괴롭나?」

그 후 토요일에도 베슈는 같은 요구를 되풀이해야 했다. 바르네트는 담배를 피우며 공상에 잠긴 채 대답을 하지 않았다. 마침내 베슈의 얼굴에 실망한 기색이 나타났다.

베슈가 불평을 털어놓았다.

「진척이 없어. 검찰 사람들은 모두 한심해. 이러다 퐁파두르 침대와 올가의 방은 어느 항구로 빠져나가 외국으로 선적되거나 팔리고 말 거야. 형사인 난 대체 올가한테 뭐가 되지? 바보 얼간이가 되겠군」

베슈는 담배 연기가 천장에서 맴도는 광경을 지켜보는 바르네트를 노려보며 화를 냈다.

「우린 자네가 한번도 보지 못한 대단한 적수들과 싸우고 있는 거야. 독특한 수법으로 활동하는 데다 이미 그 수법을 이용하고 개선했을 정도로 대단한 요령을 가진 사람들 말이야네. 그런데도 가만히 있는 건가? 그자들은 의심할 필요도 없이 누군가를 현장에 침투시켰던 거야. 자넨 그자들의 음모를 밝힐 시도도 하지 않을 건가?」

바르네트가 말했다.

「그녀에겐 내 마음을 끄는 뭔가가 있어」

베슈가 말했다.

「뭔데?」

「꾸밈없는 자연미야. 허세가 없어. 올가는 생각한 대로 말하고 본능에 따라 행동하며 환상에 따라 살고 있네. 베슈, 다시 한번 말하지만 그녀는 더없이 매력적인 피조물일세」

베슈가 주먹으로 쾅하고 탁자를 내리쳤다.

「자네가 그녀 눈에 뭐로 보이는지 알아? 바보로 보인다네. 올가는 델 프레고와 함께 자네 이야기를 하면서 배꼽 잡고 웃더군. 바보 같은 바르네트, 허풍쟁이 바르네트!」

바르네트는 한숨을 쉬었다.

「가슴 아픈 수식어로군! 그런 대접을 안 받으려면 어떻게 해야 하지?」

「내일이 화요일이야. 자네가 한 약속대로 퐁파두르 침대를 돌려줘야 해」

「쳇, 그게 어디 있는지도 모르는데. 베슈, 충고 좀 해 줘」

「강도들을 잡아야지. 그자들을 잡으면 진실을 알게 될 거야」

바르네트가 말했다.

「그게 더 쉽겠군. 영장은 있나?」

「그럼」

「자네 부하들은?」

「경찰청에 전화만 걸면 되네」

「그럼 오늘 뤽상부르 공원 근처에 있는 오데옹 극장 아케이드로 장정 둘만 보내 달라고 전화해」

베슈가 몸을 부르르 떨었다.

「나를 무시하는 건 아니겠지?」

「천만에. 내가 왜 올가 보방에게 바보로 통하고 싶겠어? 나 참! 내가 약속을 지키지 않은 적이 있난 말이야?」

베슈는 잠시 생각을 했다. 갑자기 바르네트가 진지하게 말한다는 느낌이 들자, 그가 1주일째 안락의자에 앉아 있었다는 데 생각이 미쳤다. 바르네트는 수수께끼를 푸느라 끊임없이 생각하고 있었을 것이다. 깊은 생각이 수사보다 월등한 경우가 있다고 종종 말하지 않았던가?

베슈는 더 이상 질문하지 않고 경찰서장의 직속 부하인 동료 알베르에게 전화를 걸어 부탁했다. 오데옹 극장 쪽으로 형사 두 명을 파견하기로 합의했다.

바르네트는 일어나 나갈 준비를 했다. 3시였다. 그들은 출발했다.

「올가가 사는 동네로 갈 거지?」

베슈가 말했다.

「바로 그 건물에 가네」

「그녀의 집 말고?」

「관리실에」

바르네트는 관리인 부부에게 입을 다물 것과 누가 옆에 있다는 표시를 하지 말아 달라고 요청했다. 그들은 관리실 안쪽에 자리를 잡았다. 침대를 덮는 커다란 커튼이 그들의 모습을 가려 주었다. 두 사람의 자리에서는 들어오거나 나가는 사람을 전부 볼 수 있었다.

2층의 사제가 지나가고 올가의 늙은 하녀 중 한 사람이 시장에 가려는지 바구니를 팔에 끼고 지나갔다.

「도대체 누구를 기다리나? 대체 자네 목적이 뭐야?」

베슈가 중얼거렸다.

「자네에게 직업 훈련을 시키는 거야」

「하지만……」

「조용히해」

3시 반에 델 프레고가 들어왔다. 흰 장갑에 흰 각반, 회색 정장, 연한 색 모자 차림이었다. 그는 관리인 부부에게 손짓으로 인사를 하고 계단을 올라갔다. 매일 있는 체조 레슨을 시작할 시간이었다.

40분이 흘렀고 델 프레고가 다시 나갔다가 담배를 사 들고 들어왔다. 흰 장갑…… 흰 각반…….

그리고 사람들 셋이 차례로 지나갔다. 갑자기 베슈가 속삭였다.

「저기, 세 번째 다시 들어오는 사람 말이야. 어디로 나갔지?」
「내 추측으로는 저 문인데」
베슈는 확신이 덜 가는 어조로 말했다.
「아닌데…… 우리가 잘못 본 게 아니라면…… 바르네트, 자네 생각은?」
바르네트는 커튼을 젖히고 대답했다.
「이제 행동에 나설 시간이야. 가서 동료들을 데려와, 베슈」
「나더러 데려오라고?」
「응」
「자넨?」
「난 올라가야지」
「날 기다려 줄 텐가?」
「뭐 하러?」
「그런데 어떻게 된 일이야?」
「보면 알 거야. 자네들 세 사람은 3층을 지켜. 나중에 부를 테니」
「자네, 행동에 나서는 건가?」
「끝까지 갈 참이야」
「상대는 누군데?」
「아주 뻔뻔스러운 작자들이지. 얼른 가게」

베슈는 떠났다. 바르네트는 베슈에게 말한 대로 4층으로 올라가 초인종을 눌렀다. 그는 델 프레고의 지도로 레슨을 막 끝마친 올가가 있는 체조실로 안내되었다.

「어머, 용감한 바르네트 씨! 전지전능한 바르네트 씨가 오셨네. 바르네트 씨, 내 퐁파두르 침대를 가져왔나요?」

밧줄 사다리 위에서 올가가 외쳤다.
「거의 다되었습니다, 부인. 그런데 제가 방해가 되었나요?」
「방해라니, 그 반대죠」
올가는 위험을 무시하며 믿을 수 없을 만큼 날렵하게 델 프레고가 퉁명스런 목소리로 지시하는 동작들을 장난치듯이 실시했다. 선생은 칭찬이나 지적을 하다가도 이따금씩 경험 많은 곡예사로서 직접 시범을 보였다. 유연하기보다는 거친 동작이었고 경이롭게 보이는 자신의 능력을 과시하려는 듯했다.
레슨이 끝나자, 델 프레고는 윗옷을 걸치고 흰 각반의 단추를 채운 다음 흰 장갑과 연한 색 모자를 썼다.
「오늘 저녁 극장에서 봐요, 올가 부인」
「오늘은 날 안 기다릴 거야, 델 프레고? 엄마가 안 계셔서 데려다 주면 좋을 텐데」
「안 되겠어요, 올가 부인. 디너 타임 전에 공연이 한 차례 있어요」
델 프레고는 출구로 향했지만 멈춰야 했다. 바르네트가 그와 문 사이에 서 있었다.
바르네트가 말했다.
「선생, 운이 좋아 당신을 만나게 되었으니 몇 마디만 해 주시죠」
「대단히 유감스럽지만……」
「제 소개를 다시 해야 합니까? 베슈의 친구이자 바르네트 탐정 사무소의 사립 탐정인 바르네트입니다」
델 프레고가 한걸음 나섰다.
「정말 실례합니다만, 제가 좀 급해서」
「저런! 기억을 떠올리면 되니까, 더도 말고 1분이면 됩니다」

「무슨 기억 말씀입니까?」
「어떤 터키 인에 대해……」
「터키 인이요?」
「네, 이름은 벤발리라고 하죠」
선생은 고개를 설레설레 흔들며 대답했다.
「벤발리? 못 들어 본 이름인데요」
「아베르노프란 이름은 아실 테죠?」
「그 이름도 마찬가지군요. 그분들이 누구시죠?」
「살인자들입니다」
침묵이 짧게 흐른 다음, 델 프레고가 웃으며 말했다.
「별로 사귀고 싶지 않은 부류의 사람들이군요」
바르네트가 말했다.
「반대로 당신은 그자들과 친하다고 하던데요」
델 프레고는 그를 머리끝에서 발끝까지 훑어보고 투덜거렸다.
「그게 다 무슨 말이죠? 어서 설명해 보세요! 스무고개 같은 건 피곤하기만 하니까요」
「앉으시죠, 델 프레고 씨. 더 편하게 이야기합시다」
델 프레고는 초조한 몸짓으로 답했다. 귀여운 얼굴에 호기심이 많은 올가는 체조복 차림으로 두 남자 곁에 다가왔다.
「앉아, 델 프레고. 내 퐁파두르 침대에 대한 일이라고 생각해」
바르네트가 말했다.
「바로 그렇습니다, 델 프레고 씨. 전 지금 스무고개 놀이를 하자는 게 아닙니다. 다만 강도가 들고 나서 제가 처음 이곳에 왔을 때부터 그 당시 사람들의 입에 오르내리던 두 가지 신문 기사를 떠올리지 않을 수 없었습니다. 바로 그것에 대한 당신 의견을 들고 싶은 겁니다. 몇 분이면 됩니다」

바르네트는 더 이상 하급 직원 같은 평소의 태도가 아니었다. 그의 목소리는 감히 벗어날 수 없는 권위를 띠었다. 올가 보방은 굉장히 감동을 받았다. 델 프레고는 감정을 억누르며 투덜거렸다.

「빨리 해 주십시오」

「내용은 이렇습니다」

바르네트가 이야기를 시작했다.

「3년 전, 파리 중심부에 위치한 대형 주택 맨 위층에 부친과 함께 살면서 건물 내에 보석상을 하는 상인이 있었습니다. 보석상인 소루아 씨는 벤발리라는 사람과 사업을 하고 있었죠. 터번을 두르고 바지가 헐렁한 터키 식 복장을 한 벤발리는 오리엔탈 토파즈(현재의 황색 사파이어——옮긴이), 바로크 진주(비뚤어진 기묘한 모양의 진주——옮긴이), 자수정 등 중급 귀금속을 거래했습니다. 벤발리는 여러 번 그의 집을 찾아갔죠. 그러던 어느 날 저녁, 보석상 소루아 씨가 극장에서 돌아와 보니 부친이 칼에 맞아 숨져 있고 보석 금고가 통째로 비어 있는 것을 발견했습니다. 그런데 수사 결과, 벤발리는 명백한 알리바이를 내세웠고 그가 직접 범행을 저지를 수는 없었습니다. 벤발리가 오후에 데리고 왔던 걸로 보이는 아무개가 범행을 저지른 것이었습니다. 뿐만 아니라 이 아무개도, 그 터키 인도 체포가 불가능했습니다. 그리고 사건은 종료되었죠. 그 사건을 기억합니까?」

델 프레고가 반박했다.

「전 파리에 온 지 2년밖에 안 됩니다. 게다가 그런 일에는 관심이……」

바르네트는 계속해서 말했다.

「10개월 전 비슷한 유형의 다른 범죄가 있었죠. 희생자는 메달 수집가 다불 씨였습니다. 주범은 아스트라한 모피(카라쿨 산양의 새끼 양 모피——옮긴이) 모자와 긴 프록코트를 입은 아베르노프 백작의 지휘 하에 다불 씨 집에 잠입해 있었던 겁니다」
안색이 창백해진 올가 보방이 말했다.
「저도 생각나요」
바르네트가 말을 이었다.
「그 순간 저는 이 두 사건과 퐁파두르 침실의 도난 사건 사이에 눈에 띄지는 않지만 굉장히 닮은 점이 있음을 알아차렸습니다. 살인범 벤발리가 소루아 보석상을 턴 사건과 수집가 다불 씨가 희생당한 절도 사건은 두 외국인의 소행이었죠. 이곳에서 같은 수법을 발견했습니다. 즉, 임무를 맡은 한두 명을 미리 침투시켜 범행을 시도했던 거죠. 과연 이 수법의 특징은 뭘까요? 처음엔 저도 몰라 며칠 동안 침묵과 고독 속에서 악착같이 거기에 매달렸죠. 우선 벤발리 사건과 아베르노프 사건에서 두 가지 요소를 끌어냅니다. 그리고 그것들을 통해 제가 알지 못한 다른 상황들에 적용할 체계적인 개념을 성립시켜야 했습니다」
「그래서 찾았나요?」
올가가 열띤 목소리로 물었다.
「네. 상당히 기발한 아이디어라는 생각이 듭니다. 저도 예술을 좀 아는 편이지만 그것은 누구의 것도 베끼지 않은 새롭고 독창적인 예술……. 위대한 예술이었습니다! 강도와 살인자 패거리는 비밀리에 행동해 잠입했죠. 배관공이나 배달원, 또는 건물에 쉽게 들어갈 만한 사람들을 공범으로 미리 보내 놓고 훤한 대낮에 거침없이 일을 치릅니다. 사람들 눈에 띌수록 더 수월하죠. 그들은 자신들의 모습이 이미 건물 사람들 눈에 익었기 때문에 공공연하게 들어갔습니다. 그리고 정해진 날, 그들은 그곳을 나갔다가…… 다시 들어오고 다시 나가고 다시 들어옵니다. 그리고 패거리의 두목이 내부에 있을 때 아무개가 다시 들어옵니다. 그 아무개가 오가는 모습을 아무도 본 적이 없지만 분명히 그 두목이라고 여길 만한 외모를 하고 있죠. 굉장한 아이디어죠?」

바르네트는 델 프레고를 향해서 열심히 공격했다.

「델 프레고, 당신은 천재입니다, 천재! 다시 말씀드리지만 다른 사람들은 중간색 옷을 입고 남들의 주의를 끌지 않으면서 여관 도둑처럼 눈에 띄지 않게 통과하려 애쓰며 범행을 시도합니다. 그러나 이 사건의 범인들은 남의 시선을 끌어야 한다고 생각했습니다. 모피 모자를 쓴 러시아 사람이나 헐렁한 바지의 터키인이 하루에 계단을 네 번씩이나 지나다니면 그가 나갔다가 한 번 더 들어온 것을 아무도 알아채지 못할 겁니다. 이때 다섯 번째로 들어오는 사람이 공범인 겁니다. 아무도 의심하지 않죠. 그게 바로 수법입니다. 대단하죠! 그 수법을 고안하고 이용한 사람은 대가인 데다 그 정도의 대가는 두 번씩이나 같은 모습으로 나타나지 않을 거라고 가정해 봅니다. 벤발리와 아베르노프 백작이란 인물들은 각각 한 번씩만 나타났으므로 그 사람이 우리 사건에는 세 번째 형태로 나타났다고 봅니다. 그게 당연하지 않을까요? 처음엔 러시아 인으로, 두 번째는 터키 인으로, 그리고…… 이방인의 외양을 하고 특이하게 옷을 입는 사람을 이곳에선 누구라고 볼 수 있을까요?」

한순간 침묵이 흘렀다. 올가는 화난 몸짓을 했다. 그녀는 바르네트가 설명을 시작할 때부터 겨냥했던 목표물을 알아차리고 말을 꺼냈다.
「그건 아니죠. 그럴듯한 말이지만 받아들일 수는 없네요」
델 프레고가 너그러운 태도로 미소 지었다.
「올가 부인, 그냥 두세요. 바르네트 씨는 재미 삼아……」
바르네트가 말했다.
「물론입니다, 델 프레고. 전 재미로 하는 겁니다. 당신도 결말을 알기 전에 제 모험 소설을 심각하게 받아들이지 않는 게 좋겠죠. 물론 저는 그 결말을 잘 압니다. 당신은 외국인이고 남의 시선을 끌게 옷을 입습니다. 흰 장갑에…… 흰 각반…… 변신을 자유자재로 할 수 있는 당신의 생김새는 러시아 인에서 터키 인으로, 터키 인에서 사치스런 외국인으로 변신하는 데 도움이 되었을 겁니다. 물론 당신은 이 건물의 단골이며 여러 가지 일로 하루에도 수차례 이곳에 불려 옵니다. 하지만 당신이 정직한 사람이라는 평판이 자자한 데다 올가 보방 부인이 당신을 보증합니다. 또한 당신을 경찰에 신고하는 것도 전혀 문제가 되지 않습니다. 하지만 뭣 하러? 제 골치를 아프게 하는 것이 뭔지 알겠습니까? 유일한 용의자는 당신인데 당신은 용의자일 수가 없습니다. 안 그렇습니까, 올가 보방 부인?」
열의와 불안으로 눈을 반짝이며 올가가 말했다.
「그래요. 그럼 누구를 신고하죠? 어떤 방법을 사용하나요?」
「방법은 아주 간단합니다」
「뭔데요?」
「제가 함정을 파 놓았습니다」
「함정이라니? 어떻게?」
바르네트가 물었다.

「그제 로렝 남작의 전화를 받으셨습니까?」
「예, 그래요」
「그 사람이 어제 부인을 만나러 왔죠?」
「예…… 예……」
「그 사람이 퐁파두르 문장이 있는 묵직한 은제품 상자를 갖다 주었죠?」
「저 탁자 위에 있는 거예요」
「파산한 로렝 남작은 에티올의 선조들에게서 물려받아 간직해 온 이 상자를 팔려고 하면서 당신에게 화요일인 내일까지 맡겨 놓았습니다」
「그걸 어떻게 아세요?」
「남작이 바로 저였습니다. 당신은 주변 사람들에게 그 멋진 은제품들을 보여 주면서 감탄하도록 만들었죠?」
「예」
「한편, 당신 어머니는 시골에 있는 병든 언니에게서 그리로 와 달라는 전보를 받았죠?」
「누가 그 이야길 했나요?」
「제가 그 전보를 보냈습니다. 그러니까 당신 어머니께선 아침에 떠나셨고 저 상자는 내일까지 이 방에 놓여 있을 테죠. 당신과 가깝게 지내면서 당신의 방을 훔치는 데 성공했던 사람에겐 자신의 대담한 범행을 다시 시작하고픈 유혹이 생기겠죠. 게다가 은제품 상자는 훨씬 수월한 물건이 아니겠습니까?」
올가는 갑자기 겁에 질려 외쳤다.
「그 시도가 오늘 밤에 일어날까요?」
「오늘 밤입니다」

「너무 끔찍하네요!」

그녀는 떨리는 목소리로 말했다.

잠자코 이야기를 듣고 있던 델 프레고가 일어서며 말했다.

「미리 알고 계시니까 끔찍할 일은 없겠죠, 올가 부인. 경찰을 부르는 걸로 족합니다. 괜찮으시다면 제가 이 참에 경찰서에 다녀오죠」

바르네트가 반대했다.

「안 됩니다! 델 프레고, 당신이 필요합니다」

「제가 무슨 도움이 될지 전혀 모르겠군요」

「물론 도움이 되죠! 공범을 체포하기 위해서 말입니다」

「범행은 오늘 밤이니까 시간이 있어요」

「네, 하지만 공범이 미리 들어와 있다는 걸 기억하십시오」

「이미 들어와 있을 거라고요?」

「30분 전부터」

「저런! 제가 왔을 때부터?」

「당신이 두 번째로 들어왔을 때부터」

「설마 그런 일이」

「당신을 봤듯이 그자가 지나가는 걸 봤습니다」

「그럼 이 집에 숨어 있다고요?」

「예」

「어디요?」

바르네트는 문 쪽으로 손가락을 뻗었다.

「저기. 현관에 옷들이 쌓여 있는 벽장이 있습니다. 그곳은 오후엔 들어갈 일이 거의 없죠」

「혼자 들어왔을 수는 없습니까?」

「없습니다」
「누가 문을 열어 주었죠?」
「델 프레고, 바로 당신이지」
 분명 대화 초부터 바르네트가 하는 모든 말은 체조 선생을 겨냥하고 있었고 갈수록 더 분명한 암시를 주고 있었음이 명백했다. 그런데도 델 프레고는 그 거친 공격에 펄쩍 뛰었다. 그의 얼굴에는 그때까지 숨기고 있던 감정들이 드러나고 말았다. 분노와 불안, 행동하려는 격렬한 욕구가 마음속에서 뒤죽박죽이 되어 나타났다. 델 프레고의 망설임을 포착한 바르네트는 그 기회를 이용해서 현관 쪽으로 달려가 벽장에서 한 남자를 끄집어내 체조실로 끌고 왔다.
 올가가 외쳤다.
「아! 사실이었네요?」
 그 남자는 델 프레고와 같은 키에, 그와 똑같이 회색 옷과 흰 각반을 하고 있었다. 살이 찌고 환한 얼굴도 같았다.
「모자와 장갑을 잊으셨군요, 나리!」
 바르네트는 그에게 연한 색 모자를 씌워 주고 흰 장갑을 내밀며 말했다.
 아연실색한 올가는 한걸음씩 멀어지면서 두 남자에게서 시선을 떼지 않고 뒷걸음질로 사다리 계단을 올라갔다. 갑자기 델 프레고가 누구이며 자신이 그 곁에서 얼마나 위험한 상황에 처했는지 알아차린 것이다.
 바르네트가 웃으며 말했다.
「정말 웃기죠? 쌍둥이처럼 닮지는 않았지만 비슷한 체구에 옛날 어릿광대 같은 얼굴에다 특히 똑같은 옷차림이 영락없는 형제

같죠」

 두 공범은 서서히 혼란 상태에서 정상으로 돌아왔다. 힘세고 강한 자신들 앞에 적은 단 한 명, 꼭 끼는 프록코트에 가게 점원 같은 생김의 초라한 남자뿐이었다.

 델 프레고가 외국어로 한마디 중얼거리자 바르네트가 즉각 통역했다.

「부하에게 권총이 있냐고 러시아 어로 물어도 소용없어」

 델 프레고는 화가 나 씩씩거리며 다른 나라말로 몇 마디 했다.

 바르네트가 탄성을 질렀다.

「불쌍하기도 하지! 난 터키 어도 속속들이 알고 있거든! 한마디 경고하지. 계단에는 너도 알다시피 올가의 남편인 베슈 형사가 동료 두 명과 함께 버티고 있어. 소리만 질러도 달려올 거다」

 델 프레고와 다른 녀석이 눈빛을 교환했다. 그들은 이성을 잃은 듯 보였다. 그래도 양 어깨가 붙들리기 전에는 도망치려는 생각을 포기하지 않을 위인들이었다. 그들은 겉으로는 부동 자세를 취했지만 눈에 띄지 않게 서서히 바르네트에게 접근했다.

 바르네트가 외쳤다.

「잘됐군! 양팔로 허리를 조이기라도 하려나? 격투로군……. 내가 싸울 힘을 잃으면 너희가 베슈 형사를 바람맞히는 거야. 조심하십시오, 올가 부인! 굉장한 구경거리를 보실 겁니다! 두 거인 대 약골! 두 골리앗 대 다윗……. 어서, 델 프레고! 더 빨리! 용기를 좀 내 봐! 내 목을 잡으라고!」

 그들은 세 발짝 앞으로 다가왔다. 두 강도들은 주먹을 꽉 쥐었다. 그리고 1분 후 돌진했다.

 바르네트는 그들의 공격을 예상했다. 그는 마루로 엎드려 두 사람의 다리를 하나씩 잡고 마네킹처럼 뒤집어 버렸다. 그들은 반격할 사이도 없이 쇠갈고리보다 더 가차 없는 손으로 머리에 못이 박힌 느낌이었다. 금세 숨을 헐떡거렸다. 숨이 막혀 왔다. 팔에는 더 이상 힘이 남아 있지 않았다.

바르네트가 놀라울 정도로 차분하게 말했다.

「올가 보방 부인, 문을 열고 베슈를 불러 주시기 바랍니다」

올가는 사다리에서 내려와 온 힘을 다해 서둘러 문 쪽으로 뛰어갔다.

「베슈! 베슈!」

그녀가 외쳤다.

그리고 흥분과 동시에 두려움에 차서 형사와 함께 들어오며 말했다.

「됐어요! 저 사람이 혼자 악당들을 무찔렀어요! 진작 저 사람을 믿을걸……!」

바르네트가 베슈에게 말했다.

「어이, 자네 손님이 둘이나 있네. 손목에 수갑을 채우기만 하면 된다네. 그래야 이 악당들이 숨을 좀 쉴 수 있을 거야! 아니, 너무 꽉 잡지 마, 베슈! 이젠 정신을 차렸을 테니까. 안 그래, 델프레고? 투덜대고 싶은 마음은 없겠지……?」

바르네트는 몸을 일으켜 감탄의 눈빛으로 자신을 바라보고 있는 올가의 손에 입을 맞춘 뒤 유쾌하게 외쳤다.

「아! 베슈, 오늘은 대단한 소탕 작전이었어! 가장 크고 가장 교활한 맹수 중에서 두 마리나 잡다니! 델 프레고, 네가 보여 주었던 그 수법에 기립 박수를 보내지」

바르네트는 베슈가 수갑으로 단단히 붙들고 있는 체조 선생의 가슴팍을 곧게 편 손가락 끝으로 톡톡 치면서 더욱 즐거워진 듯 이야기를 계속했다.
「다시 한번 말하지만 천부적이야. 좀 전에 우리가 잠복했던 관리실에서 나는 네 수법을 똑똑히 보았거든. 마지막으로 들어오는 사람이 네가 아니란 걸 말이야. 그런데 베슈 형사는 조금 의심하다가 속아 넘어가서 흰 각반에 흰 장갑, 연한 색 모자, 회색 재킷을 입은 이 신사가 그동안 여러 번 지나다녔던 델 프레고라고 믿은 거야. 너는 제2의 델 프레고에게 조용히 올라와 네가 열어둔 문을 통해 벽장 속에 숨어 있으라고 했지. 침대가 어둠 속에서 사라지던 그날 밤처럼……. 그러고도 네가 천재적 재능이 없다고 말할 수 있겠어?」
바르네트는 넘쳐흐르는 기쁨을 더 이상 담아 둘 수 없어 보였다. 멋지게 도약해서 그네에 올라탄 다음 고정되어 있던 장대로 건너 뛰어 바람개비처럼 뱅글뱅글 돌았다. 매듭 진 밧줄을 붙잡았다가 다음에는 링으로, 사다리로 옮겨가며 우리 속에 있는 원숭이의 회전에 견줄 만한 아찔한 동작을 선보였다. 그의 뒤에서 펄럭거리며 빙글빙글 도는 낡은 프록코트의 뻣뻣하고 우스꽝스러운 옷자락보다 더 희극적인 것은 없었다.
바르네트는 점점 더 얼떨떨해 있는 올가 앞에 갑자기 우뚝 섰다.
「제 가슴을 만져 보십시오, 아름다운 부인……. 심장 박동이 그대로죠? 제 머리는? 땀 한 방울 안 납니다」
바르네트는 전화기를 집어 들고 전화번호를 요청했다.
「경찰청 부탁합니다. 보안국에 있는…… 조사과요……. 아! 알베르, 자넨가? 나 베슈일세. 내 목소리를 모르겠나? 아무렴 어때! 베슈 형사가 올가 보방 강도 사건의 주범들인 살인자 두 명을 체포했다는 사실을 알려 주겠네」

그는 베슈에게 손을 내밀었다.

「친구, 자네에게 모든 영광을 돌리지. 부인, 그럼 안녕히! 델 프레고, 내게 인사도 안 할 텐가?」

델 프레고가 투덜거렸다.

「날 이런 식으로 다룰 수 있는 사람은 단 한 사람밖에 없을 텐데요」

「그게 누군데?」

「아르센 뤼팽」

델 프레고의 말에 바르네트가 외쳤다.

「잘됐군, 델 프레고, 그런 게 고급 심리학이야. 아! 네 녀석이 〈분별을 잃지 않는〉 한 솟아날 구멍은 있을 거다! 다만 그 구멍이 너보다 작아서 문제지」

바르네트는 웃음을 터뜨리고 올가에게 인사한 다음 노래하며 가벼운 발걸음으로 나갔다.

「조아셍은…… 날 좋아해. 내 사랑은…… 로랑인데」

다음날 델 프레고는 계속되는 신문과 증거를 제시하라는 재촉을 견디다 못해 올가 보방의 침실 가구들을 감춰 두었던 교외의 헛간을 가르쳐 주었다. 그날이 화요일이었다. 바르네트는 자신의 약속을 지켰다.

며칠 동안 베슈는 업무 차 지방에 가야만 했다. 돌아온 그는 바르네트의 메모를 발견했다.

내가 얼마나 멋졌는지 인정하게! 그 사건에서는 한 푼도 이득을 챙기지 않았네! 자네가 속상해할 만한 갈취는 전혀 안 했다네! 하지만 자네를 존경하는 데 대한 보상을 다른 쪽에서 얻었지……!

그날 오후 바르네트와 모든 관계를 청산하기로 결심한 베슈는 라보르드가에 있는 탐정 사무소로 향했다. 문은 닫혀 있었고 그 위에 다음과 같은 종이가 눈에 띄었다.

연애 사업 관계로 휴업 중
밀월여행 후 다시 문을 열 예정

「도대체 무슨 소리야?」
은근히 걱정이 된 베슈는 투덜댔다.
그는 올가의 집으로 달려갔다. 그곳의 문도 닫혀 있었다. 그는 폴리베르제르 극장으로 달려갔다. 그곳에서 대여배우가 막대한 위약금을 물고 막 여행을 떠났다는 사실을 들었다.
베슈는 큰길로 나오면서 중얼거렸다.
「빌어먹을! 그게 말이나 되는 이야기야? 돈을 가로채는 대신 승리를 이용해서 감히 유혹을 하다니……?」
무시무시한 의혹! 이루 말할 수 없는 괴로움! 어떻게 알아볼까? 아니면 차라리 모른 척할까? 어떻게 하면 베슈가 우려하는 사실을 확인하지 않아도 될까?
그러나 어쩌랴! 바르네트는 자신의 먹이를 놓치지 않았다. 베슈는 열광적으로 써 보낸 그림엽서를 몇 장이나 받았는지 모른다.

아! 베슈, 로마의 그윽한 달빛! 친구, 자네도 좋다면 시칠리아 섬으로 오게…….

베슈는 이를 바드득 갈았다.
「나쁜 놈! 널 용서했는데. 이젠 절대 못해. 곧 복수를 하고 말 테다……!」

베슈가 바르네트를 체포하다

 베슈는 경찰청으로 달려가 구내를 지나 계단을 올라갔다. 노크도 없이 문을 열고 직속상관에게 돌진한 그는 감정이 격한 얼굴로 말을 더듬거렸다.
 「바르네트가 데스로크 사건에 연루되어 있습니다! 데스로크 의원 집 앞에서 제 두 눈으로 똑똑히 봤습니다」
 「바르네트라고?」
 「네, 제가 여러 번 과장님께 말씀드렸던 탐정 말입니다. 몇 주 전부터 사라졌거든요」
 「댄서 올가와 함께?」
 화가 치민 베슈가 말했다.
 「예, 제 전처입니다」
 「그런데?」
 「제가 그자를 미행했습니다」

「그자는 눈치를 못 챘나?」
「제 미행 솜씨는 아무도 의심하지 못합니다, 과장님. 그 녀석이 빈둥거리는 듯하더니 신중을 기하는 겁니다! 에투알 광장(지금의 샤를 드골 광장——옮긴이)을 한 바퀴 돌아 클레베 대로를 따라가다가 트로카데로 광장에서 벤치에 앉아 있는 한 여자 곁에 멈추었습니다. 그 여자는 얼굴이 예쁘장했고 색깔 있는 숄과 검은 머리에 쓴 모자로 보아 집시 같았습니다. 일이 분쯤 지나 두 사람은 거의 입술을 움직이지 않으면서 몇 번이고 클레베 대로와 광장 귀퉁이에 있는 건물을 눈짓으로 가리키며 대화를 나눴습니다. 그리고 그자가 일어서더니 지하철을 탔습니다」
「자넨 계속 미행했나?」
「예. 그런데 운이 없어서 열차를 그만 놓쳐 버렸습니다. 광장으로 돌아와 보니 집시 여자도 떠나고 없었습니다」

「그들이 지켜보던 건물에는 가 봤나?」
「말씀드리죠, 과장님」
베슈는 한마디한마디를 강조하며 말했다.
「그 건물 5층의 가구가 딸린 집에는 4주 전부터 피의자의 부친인 데스로크 퇴역 장군이 지내고 있었습니다. 과장님도 아시다시피 그 사람은 유괴와 감금 및 살인죄로 기소된 자신의 아들을 변호하러 시골에서 올라왔습니다」
그 말이 강한 인상을 주었고 과장은 그의 말을 다시 받았다.
「장군에게 자네 소개를 했나?」
「장군이 직접 문을 열어 주셔서 저는 곧바로 제가 목격한 장면을 이야기했습니다. 놀라시지도 않더군요. 전날 한 집시 여자가 찾아와서 손금과 카드 점을 쳐 주겠다고 했답니다. 그 여자는 3천 프랑을 요구했고 오늘 2시에서 3시 사이에 트로카데로 광장에서 답변을 기다리기로 했답니다. 신호를 보내면 올라오는 걸로요」
「그 여자가 무슨 제안을 했지?」
「자기가 문제의 사진을 찾아서 갖다 줄 수 있다고 했답니다」
「우리가 끝내 못 찾았던 그 사진?」
과장이 외쳤다.
「바로 그 사진입니다. 데스로크 의원을 좌절시키거나 또는 다시 살릴 사진이죠. 의원을 비난하는 측에 서느냐 부친의 주장대로 변호하는 측에 서느냐에 따라 말입니다」
긴 침묵이 뒤를 이었다. 과장은 신뢰에 찬 목소리로 중얼거렸다.
「베슈 형사, 자넨 우리가 그 사진을 수중에 넣기 위해 얼마나 애쓰고 있는지 알지?」
「압니다」

「자네가 아는 것보다 더 애쓰고 있다네, 형사. 알겠지? 이 사진은 검찰의 손에 넘어가기 전에 반드시 우리 수중에 들어와야 하네」
그리고 더 낮은 소리로 덧붙였다.
「경찰이 우선이야……」
베슈는 엄숙한 어조로 대꾸했다.
「그 사진과 함께 바르네트 탐정도 체포해서 과장님께 안겨 드리겠습니다」

한 달 전 행운과 정치적 연줄, 과감한 사업 추진과 성공 덕분에 파리의 거물급 인사가 된 금융가 베랄디는 부인과 점심 약속을 했다가 바람을 맞았다. 그날 저녁에도 부인은 귀가하지 않았고 밤이 새도록 그녀를 볼 수 없었다. 경찰이 수사에 나섰고 불로뉴 숲 근처에 살면서 매일 아침 그곳을 산책하던 크리스티안 베랄디가 인적 없는 오솔길에서 튀어나온 괴한에게 끌려갔다는 사실을 밝혀 냈다. 괴한은 센 강 쪽에서 전속력으로 자동차를 몰고 와 그녀를 강제로 태우고 사라졌다.
얼굴은 본 사람이 없지만 그 남자는 겉모습이 젊어 보였고 암청색 외투를 입고 검은 중산모를 썼다. 그 밖의 정보는 없었다.
이틀이 흘렀지만 아무 소식도 없었다.
그리고 돌발 사태가 생겼다. 어느 늦은 오후, 샤르트르(파리에서 남서쪽으로 88킬로미터 떨어진 소도시 샤르트르 대성당이 유명하다―옮긴이)와 파리를 연결하는 도로에서 자동차가 과속으로 질주하는 모습을 멀지 않은 곳에서 일하던 농부들이 목격했다. 갑자기 비명소리가 들려왔고 차문이 열리며 한 여자가 허공으로 던져지는 광경을 농부들이 보았던 것이다.
그들은 서둘러 달려갔다.
그와 동시에 자동차는 비탈을 올라가 초원으로 들어서더니 나무에 걸려 뒤집혔다. 기적적으로 살아난 남자는 벌떡 일어서더니 여자 쪽으로 달리기 시작했다.
숨이 끊어진 여자의 머리는 자갈 더미 위에 놓여 있었다.
사람들은 여자를 이웃 마을로 옮기고 경찰에 알렸다. 그 남자는 순순히 자신의 이름을 밝혔다. 그는 국회의원으로 야당 당수인 장 데스로크 의원이었다. 그리고 피해자는 베랄디 부인이었다.
당장 크리스티안 베랄디의 남편은 격렬하고 증오에 찬 싸움을 시작했다. 데스로크 의원의 몰락에 관심이 있는 일부 장관들의 부추김을 받은 경찰 측에서도 만만치 않게 격한 싸움을 벌였다. 장 데스로크가 크리스티안 베랄디를 납치한 괴한처럼 청색 옷을 입고 검은 중산모를 쓰고 있었기 때문에 납치 혐의는 명백했다. 농부들은 살인이라고 단호하게 증언했다. 여자를 밀어내는 남자의 팔을 봤기 때문이다. 데스로크는 국회의원의 면책 특권 철회를 요구했다.
장 데스로크의 태도는 기소에 기이한 영향을 미쳤다. 그는 솔직하게 유괴와 감금죄를 시인했다. 그러나 농부들의 증언은 강경하게 부인했다. 그의 말에 따르면 베랄디 부인은 스스로 차 밖으로 뛰어내렸고 자기로서는 붙잡기가 불가능했다는 것이다.
장 데스로크는 자살 동기와 납치 정황, 납치 후 이틀 동안 일어났던 일, 그리고 주행 지역과 비극적 결말로 이어진 우여곡절에 대해 굳게 입을 다물었다.
장 데스로크가 어디에서 어떻게 베랄디 부인을 알게 되었는지, 심지어 금융가 베랄디가 그와 만난 적도 없는데 어떻게 그 부인이 자신을 알고 있었는지조차 밝히지 않았다.

그는 아무리 질문 공세를 당해도 이렇게 답했다.

「더 이상 할 말이 없습니다. 마음대로 생각하십시오. 뜻대로 처분하십시오. 무슨 일이 생겨도 말하지 않을 겁니다」

그리고 하원의원 위원회에도 출두하지 않았다.

다음날, 베슈를 포함한 경찰들이 그의 집 초인종을 눌렀을 때 그는 직접 문을 열고 나왔다.

「선생들 처분에 따르겠습니다」

경찰들은 꼼꼼하게 집을 수색했다. 집무실 벽난로에서 발견된 한 무더기의 재로 보아 서류를 많이 태워 버렸다는 걸 추측할 수 있었다. 경찰은 서랍을 뒤지고 가구들을 비웠다. 서재의 책들을 탈탈 털고 서류 뭉치들을 끈으로 묶었다.

장 데스로크는 이 지루한 작업을 무심한 눈길로 좇았다. 그때 한 가지 격렬하고 의미심장한 소동이 그 광경에 흔적을 남겼다. 동료들보다 한결 노련한 베슈가 휴대품을 놓아두는 작은 상자 속에서 우연히 들어간 듯한 얇은 종이 두루마리를 발견하고 조사하려고 하자, 장 데스로크가 달려들어 낚아챘다.

「그건 전혀 상관없습니다! 사진입니다……. 표지에서 떼어 낸 오래된 사진이라고요」

데스로크가 비정상적으로 동요하자 베슈는 더욱 강하게 대응해 그 두루마리를 다시 뺏으려고 했다. 그러나 의원은 달려 나가 문을 닫고 경관이 보초를 서고 있는 옆 대기실로 들어갔다. 베슈와 동료들이 그 방으로 따라 들어갔고 소동이 벌어졌다. 장 데스로크의 호주머니를 뒤졌지만 사진 두루마리는 없었다. 도망자의 통행을 차단한 경관에게 물었지만 그는 찾고 있는 서류를 보지 못했다. 체포 영장에 따라 그들은 데스로크 의원을 연행했다.

　이상이 기본적인 뼈대로 살펴본 참혹한 사건의 내용이다. 1차 대전이 일어나기 직전, 당시에는 이 사건에 대한 소문이 무성했으므로 누구나 다 아는 내용을 굳이 나열할 필요는 없겠다. 또한 베슈가 개입해 성과가 있었던 예심 단계에 주목하는 것도 소용이 없다. 그것은 데스로크 사건의 해결이 중심이 아니다. 문제는 베슈 대 그의 적수인 바르네트 탐정의 결투를 종결 짓고 숨겨진 일화를 공개해 확실한 결말을 이끌어 내는 일이다.

　이번에는 베슈도 바르네트의 게임 방식을 꿰뚫어 보며 바르네트가 공격하려는 방식을 알고 있었다. 그리고 베슈가 장악하고 있는 장소에서 승부가 이루어질 것이기 때문에 그는 상수 패를 쥐고 있는 셈이었다. 실제로 다음날 경찰국장이 직접 통보해 베슈는 데스로크 장군의 집으로 찾아갔다.

　검은색 프록코트를 입고 시골 공증인 같은 모양새에 배가 불룩 나온 하인이 문을 열어 주었다. 베슈는 그의 안내를 받은 뒤, 2시부터 3시까지 창문 뒤에 서서 트로카데로 광장을 살폈다. 집시 여자는 나타나지 않았다. 그 다음날도 마찬가지였다. 아마 바르네트가 경계를 한 모양이었다.

　데스로크 장군의 동의를 얻은 베슈는 고집을 꺾지 않았다. 장군은 정력이 넘치는 얼굴에 키가 크고 마른 남자로, 회색 재킷 속에 노장군다운 품위를 간직하고 있었다. 장군은 평소에는 말수가 거의 없고 냉정하다가도 일이 생기면 열정에 못 이겨 흥분하거나 요란하게 말이 많아지는 사람들 중 하나였다. 장군의 가장 큰 자랑거리는 자신의 아들이었다. 장 데스로크의 결백은 장군에겐 명백한 사실이었다. 파리에 도착해서 받았던 질문마다 아들의 결백을 부르짖어 여론을 감동시켰다.

「장은 나쁜 행동을 할 사람이 아니오. 장에게 단점이 하나 있다면 정직이 지나치다는 거요. 양심의 가책 때문에 자기 자신과 이익을 모조리 망각할 정도로 자포자기한 거요. 그게 너무 지나치니까 나는 그 애가 교도소에 가는 것을 반대할 뿐 아니라 내가 그 애 변호사와 만나 타협하기도 싫은 거요. 그 애가 어떤 힐난을 해도 끄떡하지 않을 거요. 나는 그 애와 타협하러 온 게 아니라 그 애 자신으로부터 그 애를 보호하러 온 거요. 사람은 누구나 지켜야 할 명예가 있소. 그 애의 명예가 침묵을 지키는 일이라면 내 명예는 모든 오점에서 우리 가문의 이름을 지키는 것이오」

그러던 어느 날 언론의 질문이 빗발치자 장군은 이렇게 외쳤다.

「내 의견을 듣고 싶소? 있는 그대로 말하리다. 장은 아무도 납치하지 않았소. 그 여자가 기꺼이 그 애를 따라간 거요. 내가 확신하건대, 그 애는 절친한 사이였던 죽은 사람을 비난하기 싫어서 침묵을 지키는 거요. 성경 말씀에도 있잖소. 〈찾아라, 그러면 찾을 것이다(「마태복음」, 7장 7절에서 인용──옮긴이)〉」

그는 자기 말대로 악착같이 찾았다.

장군은 베슈에게 이렇게 말했다.

「형사 선생, 당신 수사망이 무척 제한되어 있는 걸 아오. 나한테는 이 수사에 몰두할 만한 힘이 있고 헌신적인 친구들이 사방에 있다오. 나와 내 친구들, 그리고 당신에게는 단 하나의 증거, 바로 화제의 사진이 필요할 뿐이오. 이 사건의 핵심은 바로 거기에 있소. 금융가 베랄디와 정부의 일부 관료들의 도움을 받은 내 아들의 정적들 사이에서 그 애를 파멸시킬 문서를 찾기 위해 음모로 꾸몄는데 당신은 모르고 있소. 그 애의 집을 전부 뒤집어엎고 건물을 샅샅이 뒤졌소. 베랄디는 유용한 정보를 주는 자에게 거액을 제시했소. 기다립시다. 목적이 달성되는 날, 우리는 내 아들이 결백하다는 뚜렷한 증거를 손에 넣을 거요」

베슈에게는 그 결백이 성립되느냐 안 되느냐가 별로 중요하지 않았다. 그의 목적은 사진을 가로채는 것이었다. 베슈가 생각하기에는 만일 데스로크 의원에게 유리한 증거가 있다면 그 적들은 그것을 없애려고 할 것이다. 베슈는 자기 의무에 충실하며 감시를 계속했다. 오지도 않는 집시 여자를 기다렸다. 또 눈에 띄지 않는 바르네트를 감시했다. 그리고 데스로크 장군의 말을 경청했고 장군은 그 나름대로 진행 상황이나 자신의 희망과 실망을 이야기했다.

어느 날 생각에 잠긴 듯한 노장군이 베슈를 불렀다. 새로운 일이 있었다.

「형사 선생, 나와 내 친구들은 사진의 행방불명에 대해 견해를 밝힐 사람이 단 한 명 있다고 생각하오. 바로 내 아들이 체포되던 날 통행을 막았던 경관이오. 그런데 이상하게도 아무도 그 경관의 이름을 가르쳐 주지 않는 거요. 우린 지원을 얻기 위해 경찰서에 가서 그 사람을 찾아보았소. 그 사람한테 무슨 일이 생긴 건지? 우린 몰라도 당신네 동료들 중에는 아는 사람이 있지 않겠소. 형사 선생, 우리는 그 경관이 그 장소에 있었던 걸 알고 있소. 그가 조사를 받았고 매일 감시의 대상이 되고 있다는 확실한 정보를 얻었소. 그 경관의 집과 가족들도 수색했고 옷이며 가구까지 모두 조사를 했던 것 같소. 그때 수색을 담당했던 형사들 중 한 사람의 이름을 내가 말해 보리까? 이 자리에 있는 베슈 형사, 바로 당신이요」

베슈는 긍정도 부정도 하지 않았다. 그러자 장군이 외쳤다.

「베슈 형사, 당신의 침묵은 내 정보의 중요성을 입증하는 거요. 사람들은 그 정보의 속편을 듣고 싶을 테니 내게 그 경관을 데려왔으면 하오. 담당자에게 알리시오. 거절하면, 내가 알릴 거요……」

베슈는 기꺼이 그 임무를 맡았다. 바르네트를 잡겠다는 그의 계획은 실현되지 않았다. 바르네트는 어떻게 되었을까? 이 사건에서 그는 무슨 역할을 맡고 있을까? 바르네트는 가만히 있는 사람이 아니므로 갑자기 그가 앞에 나타날 때는 이미 너무 늦어 버리고 만다.

베슈는 상관에게서 전권을 위임받았다. 이틀 후, 하인 실베스트르가 베슈와 경관인 랭부르를 안내했다. 랭부르는 제복을 입고 권총과 흰 방망이를 허리에 차고 나타났는데 얼굴빛이 온화해 보이는 선량한 남자였다.

면담은 길었지만 유용한 정보는 전혀 얻어 내지 못했다. 랭부르의 답은 단호했다. 아무것도 보지 못했다는 말뿐이었다. 그러나 사람들이 자신을 감시했던 이유를 장군이 납득할 수 있게 해 주었다. 그가 데스로크 의원을 보호하는 임무를 맡았던 이유는 군대 시절에 그를 알았기 때문이었다.

노장군은 애원을 하다가 화를 내고 협박도 해 보았다. 또 아들의 이름을 걸고 말하기도 했다. 그러나 랭부르는 꿈쩍도 하지 않았다. 자신은 사진을 보지 못했으며 데스로크 의원은 흥분해 있어 자신을 알아보지도 못했다는 것이다. 싸우다 지친 노장군이 항복했다.

장군이 말했다.
「고맙소, 당신 말을 믿고 싶소. 하지만 당신이 내 아들과 관계가 있다는 사실은 그냥 넘어가기엔 좀 의심스럽구려」
그는 초인종을 눌렀다.
「실베스트르, 랭부르 씨를 모시고 가게」
하인과 경관이 나갔다. 현관문이 다시 닫히는 소리가 들렸다. 그때 베슈는 데스로크 장군과 눈길이 마주쳤고 장군의 눈길에서 사람을 놀리는 듯한 표정을 발견했다. 그것은 뭐라고 설명할 수 없는 괴상망측한 기쁨의 표정이었다. 그러나…….
몇 초가 흐르고 갑자기 어떤 상황이 발생했다. 베슈는 멍하니 바라보았고 장군은 미소를 지었다. 열려 있던 문간에서 이상한 형체가 다가왔다. 마치 공처럼 둥근 상체에 가는 두 다리가 천장을 향해 춤을 추면서 바닥 쪽에 있는 머리 양 옆으로 두 팔이 바닥을 짚으며 오고 있었다.
그 형체는 불현듯 몸을 일으키고 한 발을 다른 발에 의지해 발끝으로 서서 팽이처럼 빙그르르 돌았다. 그것은 갑자기 정신이 나간 듯한 하인 실베스트르였다. 그는 크게 벌어진 입으로 웃음을 터뜨렸고 커다란 배를 흔들거리며 이슬람교 수도승이 하는 식으로 뱅글뱅글 돌았다.
그런데 정말 실베스트르일까? 이 기상천외한 광경 앞에서 베슈는 자신의 머리가 땀으로 번질거리는 느낌이 들기 시작했다. 저 사람이 정말 시골 공증인 같은 풍채에 배가 나온 하인 실베스트르란 말인가?
하인은 동작을 뚝 멈추더니 동그란 눈을 크게 뜨며 베슈를 뚫어지게 보았다. 그는 마치 가면을 벗듯이 얼굴을 일그러뜨리며 비죽거리던 표정을 없애고는 프록코트와 조끼의 단추를 풀고 고무로 된 배를 꺼냈다. 그리고 데스로크 장군이 내미는 상의를 입은 뒤 다시 베슈를 바라보며 준엄한 판결을 내렸다.

「베슈, 자네는 바보야」

베슈는 화도 내지 않았다. 어리둥절한 태도를 보이다가 기꺼이 놀림을 당하고 말았다. 베슈는 단순한 결론을 내렸다.

「바르네트……」

「그래, 나야」

상대방이 대답했다.

데스로크 장군은 흔쾌히 웃어 댔다. 바르네트가 장군에게 말했다.

「용서해 주십시오, 장군님. 저는 무슨 일이건 성공하면 너무 즐거워서 곡예나 우스꽝스런 무용으로라도 감정을 드러내야 하거든요」

「그렇다면 바르네트 씨, 성공하셨소?」

바르네트가 말했다.

「그런 것 같습니다. 제 오랜 친구 베슈 형사 덕분에 말입니다. 하지만 너무 기다리게 하지 말죠. 처음부터 이야기합시다」

바르네트는 자리에 앉았다. 바르네트는 장군과 함께 담배에 불을 붙이고 나서 유쾌하게 말을 꺼냈다.

「베슈, 이야기는 이렇다네. 내가 한 친구에게서 데스로크 장군을 도와드리라는 전보를 받은 건 스페인에서였어. 자네도 기억하겠지만 난 멋진 부인과 밀월여행 중이었지. 하지만 사랑이란 게 갈수록 시들해지더군. 나는 그 기회에 자유를 되찾고 그레나다(중앙 아메리카 윈드워드 제도의 독립국으로 영국 연방임 ─ 옮긴이)에서 만난 근사한 집시 여자와 함께 돌아왔지. 이 사건은 자네가 맡고 있다는 이유 때문에 내 마음에 쏙 들었어. 만일 데스로크 의원에게 불리하거나 유리한 어떤 증거가 있다면 당시 통행을 막고 있던 경관에게 그것을 물어야 한다는 결론에 금세 도달했지. 그런데 고백하건대, 베슈. 내가 갖고 있는 활동 수단과 정보를 모조리 동원해도 그 선량한 경관의 이름을 알아내는 데 실패한 거야. 어떻게 할까? 날은 계속 흘러가는데……. 장군이나 아드님의 시련은 점점 고되어 가는데 말이야. 유일한 희망은 자네였네」

베슈는 망연자실한 채 미동도 하지 않았다. 자신이 가장 고약한 속임수의 희생물이라고 느꼈다. 치료약도 없다. 반응할 수도 없다. 그저 운이 나빴던 것이다.

바르네트가 되풀이해서 말했다.

「베슈, 자네였어. 자네는 모든 걸 명확히 알고 있었지. 우리도 알고 있었듯이, 경관을 〈요리하라는〉 임무를 맡았고 말이야. 하지만 자네를 어떻게 이리로 끌어들이지? 그건 쉬웠어. 어느 날 자네가 가는 길에 뛰어들었지. 자네로 하여금 내 어여쁜 집시 아가씨가 앉아 있던 트로카데로 광장까지 날 미행하게 했어. 몇 마디 낮은 목소리를 주고받고 이 건물로 시선을 몇 번 던졌더니……. 자네가 금세 함정에 빠지더군. 날 붙잡거나 내 공범을 붙잡는다는 생각에 자네는 열정을 보였어. 자네 싸움터는 이곳이었어. 데스로크 장군과 더불어 하인인 실베스트르, 바로 내 곁이었지. 그 결과 난 자네를 매일 만나고 자네 얘기를 듣고 데스로크 장군을 통해서 자네에게 영향력을 행사할 수 있었지」

바르네트는 장군 쪽으로 몸을 돌렸다.

「장군님, 정말 잘하셨습니다. 베슈 형사의 의혹을 미리 알려 주셨고 재빨리 능숙하게 처리하셔서 몇 분 동안 낯선 경관을 우리 손에 넣을 수가 있었죠. 그래, 베슈. 몇 분이면 충분했지. 목적이 뭐였냐고? 자네 목적? 경찰의 목적? 검찰의 목적? 모든 사람의 목적……? 사진을 되찾는 것 아니겠나? 그런데 자네의 능숙한 솜씨를 익히 알던 터라 나는 자네 수사가 거의 완벽에 달할 걸 잘 알고 있었지. 그러니까 숱한 발자국으로 다져진 도로 위에서 증거물을 찾아 봤자 소용없었지. 경관이 이곳에 오는 날, 그 사람 모르게 눈 깜짝할 사이에 몸수색을 하기 위해서는 뭔가 다른 것을, 비정상적이고 획기적인 다른 것을 생각해야 했어. 옷과 호주머니, 옷의 안감, 구두 밑창, 뒤축의 오목한 부분 등 이번에 사용된 트릭으로 증거물을 숨긴 곳 말이지. 그게 어딘지…… 밝혀내야 했어, 베슈. 불가능과 평범함, 허구와 실제……. 상상도 할 수 없으리만치 지극히 자연스러운 은밀한 장소를 찾아야 했지. 의원의 직업보다는 오히려 경관의 직업에 부응하는 장소 말이야. 그런데 경관이란 직업을 수행하는 데 있어 특징적인 게 뭘까? 헌병이나 세관원, 역장, 평범한 사복 형사와 경관을 구분짓는 게 뭐지? 잘 생각하고 비교를 해 봐, 베슈……. 더도 말고 3초를 주겠어. 이건 아주 명백하니까. 하나…… 둘…… 셋…… 찾았어? 알아냈나?」

베슈는 아무것도 알아내지 못했다. 자신이 처한 상황이 우스꽝스러웠지만 생각을 집중하고 근무 중인 경관을 상기하려고 애썼다.

바르네트가 말했다.

「이런, 불쌍한 친구야. 오늘은 영 컨디션이 안 좋은가 보군그래. 자넨 늘 통찰력이 좋았잖아……! 내가 하나하나 자세히 설명해야겠나?」

바르네트는 무엇인가를 그의 코앞에 갖다 댔다. 방 밖으로 뛰어나갔다가 은색 방망이를 베슈의 눈높이에 맞춰 들고 돌아온 것이다. 그것은 파리의 경찰이 런던의 경찰이나 전 세계의 경찰들처럼 사용하는 흰색 방망이였다. 경찰은 흰색 방망이로 군중을 제지하거나 질서를 잡고 보행자들을 통솔하며 차량의 흐름을 제지했다가 풀어 주고 정리한다. 흰색 방망이만 있으면 거리의 왕이자 시간의 지배자가 되는 것이다.

바르네트는 병 던지기 묘기를 하듯 그 방망이를 던져 올렸다 받고 다리 밑으로 통과시켰다가 등 뒤로, 다시 목 주위로 옮겼다. 그리고 자리에 앉으면서 엄지와 검지 사이에 방망이를 끼우더니 방망이를 향해 말했다.

「권위의 상징, 작은 흰 방망이야. 무수한 형제 방망이들 중 하나로 바꿔치려고 랭부르 경관의 허리춤에서 꺼낸 너, 작은 흰 방망이야. 진실을 감춘 신성한 금고가 되었다고 널 의심한 내가 틀린 게 아니었지? 작은 흰 방망이, 마법사 멀린(중세의 아더 왕 전설에 등장하는 마법사이자 현인—옮긴이)의 요술 지팡이야. 우리의 박해자인 금융가나 우리의 적인 장관의 자동차를 정지시키기도 하지만, 자유를 상징하는 것도 바로 너지?」

바르네트는 왼손으로 가는 줄무늬가 난 손잡이를 쥐고, 오른손으로 니스 칠한 서양물푸레나무의 단단한 부분을 꽉 쥔 다음 힘을 주어 돌렸다.

바르네트가 말했다.

「바로 이겁니다. 제가 맞혔습니다. 불가능에 가까운 걸작품이군요……. 숙련된 기술과 섬세함으로 만들어 낸 기적이죠. 랭부르 경관이 천재적인 재능을 가진 선반 제작자를 친구로 두었다는 것을 짐작할 수 있습니다. 어떤 기적으로 서양물푸레나무 방망이의 내부를 이렇게 비우고 거기에 쪼개지지 않도록 홈을 파서 나무랄 데 없는 나사 홈을 만들까요? 닫으면 완전히 밀봉이 되고 은색 봉이 손잡이에서 흔들리지 않도록 할 수 있느냔 말입니다」

바르네트가 손잡이를 돌렸다. 손잡이가 풀리고 구리로 된 테가 드러났다. 장군과 베슈는 정신없이 들여다보았다. 그것은 두 부분으로 갈라졌다. 가장 긴 부분 속에는 끝까지 깊숙이 들어가는 구리관이 보였다.

그들은 인상을 찌푸렸다. 숨을 삼키고 있었다. 바르네트는 본의 아니게 엄숙하게 행동했다.

그는 구리 관을 뒤집어 탁자 위에 대고 톡톡 쳤다. 종이 두루마리가 떨어져 나왔다.

창백해진 베슈가 신음소리를 냈다.

「사진…… 바로 그거야……」

「알아보겠지? 약 15센티미터에……. 판지에서 떼어 낸 자국이 없고 약간 구겨져 있지. 장군님, 직접 펴 보시겠습니까?」

데스로크 장군은 평소처럼 확신을 갖지 못한 채 종이를 낚아챘다. 편지 네 통과 전보 한 장이 핀에 꽂혀 있었다. 장군은 잠시 사진을 주시하다가, 기쁨과 불안이 서서히 뒤섞이며 한없이 감동한 목소리로 설명하면서 두 사람에게도 보여 주었다.

「한 젊은 여인이 무릎 위에 아기를 안고 있는 사진이오. 이 여인의 모습이 베랄디 부인과 똑같다는 것을 알 수 있소……. 언론에서 발표한 사진들에도 그렇게 나와 있지. 아마 9년이나 10년 전에 찍은 사진일 거요. 날짜도 적혀 있군……. 여기 아래쪽……. 보시오, 내가 틀리지 않았지……. 11년 전으로 거슬러 올라가오.

「서명이 있군, 크리스티안…… 베랄디 부인의 이름이라오」
데스로크 장군이 중얼거렸다.
「무슨 생각을 해야겠소? 내 아들이 그 당시 결혼 전인 그녀를 알고 있었다는 것을……?」
「편지를 읽어 주십시오, 장군님」
바르네트는 여자의 글씨체를 엿볼 수 있는 첫 번째 편지를 내밀며 말했다. 그 편지는 접힌 자리가 닳아 있었다.
데스로크 장군은 편지를 읽었다. 장군은 마치 심각하고 가슴 아픈 일을 알게 된 사람처럼 눈물을 참았다. 장군은 열심히 계속해서 정독했고 바르네트가 차례로 전해 준 다른 편지들과 전보도 모두 읽었다. 그리고 괴로움으로 안색이 변하여 입을 다물었다.
「장군님, 저희에게도 설명을 좀 해 주시겠습니까?」
장군은 곧바로 답하지 않았다. 그의 눈은 눈물로 촉촉하게 젖어 들었다. 마침내 묵묵히 말했다.
「진짜 죄인은……, 바로 나요……. 12년 전 내 아들 장은 서민 출신의 한 처녀를…… 여공을 사랑했고 둘 사이에 아이도 하나…… 남자 아이를 얻었다오. 그 애는 결혼하려고 했소. 나는 자존심이 허락하지 않아 그 처녀를 만나 보길 거부했고 결혼도 반대했소. 그 애는 내 말을 전혀 안 들었소. 그런데 그 처녀가 자신을 희생했지……. 여기 그 처녀의 편지…… 첫 번째 것이오.

　장, 이별이군요. 당신 아버지께서 우리의 결혼을 원하지 않으시니까 거역해선 안 돼요. 그러면 우리의 사랑하는 아기가 불행해질 거예요. 여기 아기랑 찍은 사진을 동봉했어요. 영원히 간직하고 우리를 너무 빨리 잊지 말아 주세요.

막상 잊은 건 그 처녀였소. 그녀는 베랄디와 결혼했지. 그 사실을 알게 된 장은 샤르트르 부근에 사는 한 퇴직 교장에게 아이의 양육을 맡겼소. 아이의 엄마는 비밀리에 그곳으로 애를 만나러 가곤 했다오」

베슈와 바르네트는 고개를 숙였다. 장군은 과거가 고통스럽게 요약된 편지들에 시선을 던지며 자기 자신에게 하듯 나직이 이야기했고 그들은 가까스로 알아들을 수 있었다.

장군이 말했다.

「마지막 편지는 5개월 전의 것이오. 단 몇 마디…… 크리스티안이 후회하는 내용을 적었소. 아이를 사랑했는데……. 더 이상 남은 게 없었소. 그런데 나이 든 교장이 장에게 보낸 전보 내용은 이렇소. 〈아이가 매우 위독함. 내방 요망.〉 그리고 이 전보에는 그 끔찍한 결말이 있은 뒤 내 아들이 쓴 가슴 아픈 글이 적혀 있소. 〈우리 아들이 죽었다. 크리스티안은 자살했다.〉라고」

다시금 장군은 침묵을 지켰다. 그래도 사실들은 서서히 드러나고 있었다. 전보를 받자 장은 크리스티안을 찾았고 거의 실신할 지경인 그녀를 자동차로 데려갔다. 아들의 죽음을 눈으로 확인한 뒤 샤르트르에서 돌아오던 중 크리스티안은 절망에 빠져 자살하고 만 것이다.

「어떤 결정을 내리시겠습니까, 장군님?」

바르네트가 물었다.

「진실을 밝히겠소. 장은 죽은 사람을 탓하지 않기 위해서 진실을 밝히지 않았소. 그리고 그것은 또한 가슴 아픈 과거에 책임이 있는 나를 비난하지 않기 위해서였지. 샤르트르의 교장은 그를 배신하지 않았고 랭부르 경관도 그랬소. 그러나 어쨌든 그 애도 진실이 사라지는 것은 원치 않았고 운명이 만물을 순리대로 되돌리길 바랐던 거요. 바르네트 씨, 당신이 결국 성공했구려」

「장군님, 그건 제 친구 베슈 형사 덕분에 성공한 거죠. 그 사실을 잊지 마십시오. 만일 베슈 형사가 랭부르 경관을 데려올 때 흰 방망이도 가져오지 않았다면 저는 승부에서 지고 말았을 겁니다. 베슈 형사에게 감사하십시오, 장군님」

「두 사람 모두에게 감사하오. 두 사람이 내 아들을 살렸소. 내 임무를 어서 완수하리다」

베슈는 데스로크 장군 말에 동의했다. 일어난 사건들에 감동받은 베슈는 자존심은 한쪽에 제쳐 두고 경찰이 찾고 있던 증거 서류들을 가로채는 일을 포기했다. 인간으로서의 양심이 직업의식을 눌러 이겼다. 그러나 장군이 자기 방으로 물러가자, 바르네트에게 다가가서 그의 어깨를 치며 불쑥 말했다.

「바르네트, 당신을 체포하오」

베슈는 협박해 봤자 소용없음을 잘 알고 있었다. 그러나 양심에 따라 바르네트의 체포 임무를 수행하기 위해 고지식하고 확신에 찬 어조로 이 말을 했다.

바르네트가 악수를 청하며 외쳤다.

「말 한번 잘했네, 베슈. 잘했어. 여기서 내가 체포되고 붙잡힌다는 말이지. 아무도 자넬 비난할 수 없겠지. 지금 자네가 동의한다면 난 사라지겠네. 나를 향한 자네 우정을 충족시켜 줄 테니」

베슈는 마음과는 달리 호의적인 순진한 태도로 이렇게 말했다.

「바르네트, 자넨 모든 사람을 당혹스럽게 했어. 늘 사람들 머리 위에 올라가 있었지. 오늘 자네가 한 일은 정말 기적에 가까워. 그걸 알아맞히다니! 경관의 방망이만큼 거짓말 같은 비밀 장소를 아무런 실마리도 없이 밝혀 내다니!」

바르네트는 코미디 동작을 연기했다.

「까짓것! 돈벌이의 유혹이 상상력을 자극한 거지」

베슈가 걱정스럽게 주시했다.

「무슨 돈벌이? 데스로크 장군이 자네에게 줄 돈이 아니고?」

「그 돈은 거절할 거야! 바르네트 탐정 사무소는 무보수로 운영된다는 걸 잊지 말게!」

「그래서……?」

바르네트는 무자비했다.

「그래서, 베슈. 네 번째 편지의 귀퉁이를 눈으로 보면서 난 크리스티안 베랄디가 처음부터 남편에게 정직하게 이야기했다는 사실을 알았다네. 그 결과 부인의 옛 남자 관계와 아이의 존재를 알게 된 남편은 그 사실을 밝히지 않으면서 경찰을 속였던 거야. 그건 장 데스로크에게 복수하고, 가능하다면 그를 사형대에 보내려는 목적에서였지. 소름끼치는 계산이야, 자네도 시인하겠지. 그러니 백만장자인 베랄디가 이렇게 불명예스러운 편지를 기꺼이 사들일 거라고 생각하지 않나? 그리고 새로운 스캔들을 잠재우고 싶은 선량한 사람이 그에게 친절하게 편지를 건네준다면 베랄디가 상당한 대가를 지불할 거라는 생각도 할 수 있겠지? 어찌되었든 난 그 편지를 내 호주머니에 슬쩍했다네」

베슈는 한숨을 쉬었지만 그에 반대할 힘은 없었다. 무죄가 승리하고 악은 대가를 치르며 범죄가 어떻게든 처벌만 된다면 그게 중요한 일 아니겠는가? 그리고 항상 죄인이나 잘못을 저지른 사람에게만 피해를 입히고서 마지막 순간에 행사하는 이 자잘한 〈착복〉 행위가 그토록 중요할까?

베슈가 말했다.
「바르네트, 우리 헤어지세. 이젠 더 이상 만나지 않는 게 좋을 거야. 이러다 내 직업적 양심을 모두 잃고 말겠어. 잘 가게」
「안녕, 베슈. 자네 양심의 가책을 이해하네. 난 자넬 존경해」
며칠 후, 베슈는 바르네트에게서 다음과 같은 편지를 받았다.

친구, 행복하게. 자넨 약속한 대로 이 바르네트 녀석을 잡아넣지도 못하고 상부에서 지시한 대로 사진도 가로채지 못했지. 하지만 내가 얼마나 자네 이익을 변호해 주었는지 아나. 이번 사건에서 자네가 주된 역할을 맡았다고 얼마나 자랑했는지 모른다네. 그래서 자네를 위해 경위직(형사반장에 해당 ─ 옮긴이)을 얻어 내고야 말았다네.

베슈는 분노에 차 몸을 떨었다. 바르네트의 신세를 지는 일이 과연 적합한 일일까? 물론 베슈 자신은 스스로의 공로를 의심하지 않았다. 그러나 훌륭한 일꾼 중 한 명으로서 사회에서 그 공로를 치하받게 된다면 과연 거부할 수 있을까? 베슈는 편지를 찢어 버렸다. 그러나 직위는 수락했다.

옮긴이 | 정은주

건국대학교 불어불문학과와 동대학원을 졸업했다. EBS 과학 다큐멘터리 「숨겨진 과학 이야기」와 EBS 특선 다큐멘터리 「모험과 완벽을 선택한 사람들」, 제5회 부천 판타스틱 영화제 폐막작 「아멜리에」와 「포스트모던적 조건」, 「지식인의 무덤」, 「바르네트 탐정 사무소」 등을 우리말로 옮겼다.

아르센 뤼팽 전집 16
바르네트 탐정 사무소

1판 1쇄 펴냄 2003년 5월 30일
1판 5쇄 펴냄 2014년 7월 31일

지은이 | 모리스 르블랑
옮긴이 | 정은주
발행인 | 김세희
펴낸곳 | 황금가지

출판등록 | 2009. 10. 8 (제2009-000273호)
주소 | 135-887 서울 강남구 신사동 506 강남출판문화센터 5층
전화 | 영업부 515-2000 편집부 3446-8774 팩시밀리 515-2007
홈페이지 | www.goldenbough.co.kr

ⓒ 황금가지, 2003. Printed in Seoul, Korea

ISBN 978-89-8273-433-5 04860 (16권)
ISBN 978-89-8273-417-5 (set)

㈜민음인은 민음사 출판 그룹의 자회사입니다.
황금가지는 ㈜민음인의 픽션 전문 출간 브랜드입니다.